LAGOA DOS CAVALOS

LAGOA DOS CAVALOS

A vida do padre
Diogo Antônio Feijó
1784-1843

JOSÉ CARLOS GENTILI

MINOTAURO

LAGOA DOS CAVALOS

AUTOR: José Carlos Gentili

DIRETOR ALMEDINA BRASIL: Rodrigo Mentz
EDITOR DE CIÊNCIAS SOCIAIS E HUMANAS: Marco Pace
ASSISTENTES EDITORIAIS: Isabela Leite e Larissa Nogueira

REVISÃO: Oficina das Palavras
DIAGRAMAÇÃO: Almedina
DESIGN DE CAPA: Officio

IMAGEM DE CAPA: Pixabay License

ISBN: 9786587017372
Dezembro, 2021

Dados Internacionais de Catalogação na Publicação (CIP)
(Câmara Brasileira do Livro, SP, Brasil)

Gentili, José Carlos
Lagoa dos Cavalos : a vida do padre Diogo Antônio Feijó 1784-1843 / José Carlos Gentili. -- São Paulo : Minotauro, 2021.

ISBN 978-65-87017-37-2

1. Brasil - História - Império 2. Feijó, Diogo Antônio, 1784-1843 3. Padres - Biografia I. Título.

21-84052 CDD-922.2

Índices para catálogo sistemático:

1. Padres católicos : Biografia 922.2

Eliete Marques da Silva - Bibliotecária - CRB-8/9380

Este livro segue as regras do novo Acordo Ortográfico da Língua Portuguesa (1990).

EDITORA: Almedina Brasil
Rua José Maria Lisboa, 860, Conj.131 e 132, Jardim Paulista | 01423-001 São Paulo | Brasil
editora@almedina.com.br
www.almedina.com.br

PREFÁCIO

Aqui está este novo livro de José Carlos Gentili, um admirável escritor, que conhece bastante este seu ofício de escrever, ao longo de uma honrosa bibliografia, com importantes obras, entre as quais "Vastidão do Nada", "Voo Sideral", "Agonia da Solidão", "Olho que tudo vê", "A Igreja e os Escravos", "Aldeia do Bispo", "Cultura de Alpendre", e "Tempos de Versos".

Como se fosse um discípulo de Machado, de Euclides e de Rosa, seu estilo é perfeito e agradável, que prende o leitor do começo ao fim.

Ele agora nos volve com mais estas páginas como um cultor do idioma português, na qualidade de integral cumpridor de todas as exigências deste novo Acordo Ortográfico, que o Brasil e a nossa ABL assinaram com mais seis nações lusófonas: Portugal, Angola, Moçambique, Cabo Verde, Guiné Bissau, e São Tomé e Príncipe.

Mas trata-se também de um gaúcho nato, de um candango pioneiro e de um advogado vitorioso, a quem a Capital do Brasil já tanto deve e tanto ainda deverá em altos e relevantes serviços, que acompanhado com especial interesse, prestados com dedicação e desprendimento à cultura e à sua Academia de Letras de Brasília.

Conheço-o pessoalmente e tenho orgulho de ser seu amigo dedicado, grato e correto.

Fico particularmente feliz quando o vejo debruçado sobre mais este novo livro, que agora submete ao julgamento dos seus leitores.

MURILO MELO FILHO
Academia Brasileira de Letras

O NASCIMENTO

Teresa de Jesus, preta velha, forra, aparadeira, tranquila, experiente, movimentava-se no amplo quarto, caiado de branco, da casa vizinha à da morada paroquial.

Com voz calma e firme, incentivava a parturiente a fazer força, para facilitar o parto.

– Força, minha filha! Força, que a criança vem chegando ao mundo.

Maria Joaquina, deitada na cama, suava em bicas, sofrendo as dores do parto, entreolhando o crucifixo dependurado na parede. A cruz parecia dar-lhe alento nesta hora.

Teresa de Jesus, espécie de anjo benfazejo, desenvolvia seu trabalho, sempre recatada. Mulher de pouca fala. Olhos luzidios, grandes.

As lamparinas iluminavam o quarto. Algumas velas bruxuleavam suas chamas, deixando no ar o cheiro característico de espermacete.

Baldes com água tépida e bacias de ágata serviam para receber o rebento. Tudo pronto e a postos. Tesoura desinfetada com álcool. Assepsia geral. Num canto, acima de uma cômoda, os panos de algodão, alvos, para o primeiro banho.

– Força, minha filha, murmurava Teresa de Jesus.

– Vamos, agora! A criança está nascendo.

– Pronto! Com a graça da Virgem Maria Santíssima!

– Axé Iemanjá – minha mãe –, minha poderosa senhora.

Teresa de Jesus, de olhos para o alto, agradecia ao universo de suas rainhas espirituais num sincretismo dadivoso.

Alívio da alma, reencontro com a paz interior, em iorubá.

O pior já passou, ao aparar o ser que nascia todo empelicado, a sinalizar que era um espírito de luz, protegido pelo Senhor.

– É um menino – diz exibindo-o para a mãe, ainda entorpecida pelas dores.

Teresa de Jesus amarra o umbigo com extrema desenvoltura. Corta-o. Prepara o nascituro para nova vida e alimentação. Lava a criança, que insinua seus primeiros choros. Rompe-se o silêncio!

Na antessala, ansioso, orando sempre, rogando ao Pai as bênçãos, o pai, padre Félix Antônio, recebe a notícia da chegada, encontrando-se tudo bem.

– Venha, padre Félix, venha!

– Entre no quarto para ver a criança – convidou-o, docemente, Teresa de Jesus.

Visivelmente emocionado, embora contido, baixa a fronte para se aproximar do vivente, seu filho. Faz o sinal da cruz, como quem pede perdão.

Teresa de Jesus e a acompanhante, respeitosamente, deixam o quarto, a fim de que o clérigo possa conversar com a mãe, de forma discreta, afastados de presenças alheias.

O casal se entreolha. Félix, carinhosamente, toca-lhe a mão e sussurra sua alegria, seu amor! Abençoa o recém-nascido, fazendo o sinal da cruz, novamente.

Recompõe-se e informa Maria Joaquina acerca do que já concertara, meses atrás.

– Semana vindoura, mandarei a aparadora Teresa de Jesus deixar a criança na porta da casa do padre Fernando Lopes Camargo, e retornar com presteza.

– Amanhã, cedo, irei à casa do padre Fernando para dar-lhe notícia do nascimento, e acertar detalhes para o batismo.

– Que nome quer dar à criança?

– Bem, padre Félix, meu senhor amado.

– Gostaria, caso esteja de acordo, de dar a ele o nome de Diogo Antônio.

– Homenageio o meu pai e você, Diogo e Antônio, consciente de que na pia batismal será batizado como filho de pais incógnitos.

– Assim será, despedindo-se, sério.

Eleva a voz e chama a preta alforriada Teresa de Jesus, que vem às pressas.

Diz-lhe, a murmurar:

– Meu sobrinho, que acaba de nascer pelas suas mãos, se chamará Diogo Antônio, acerca do que, aviso-lhe da reserva devida, sob pena de excomunhão.

Félix, intimamente, sempre relutou com esta expectativa de anatematizar, de reverberar anátemas, do temor da excomunhão da grei, amedrontando os crentes e incréus para uma vida infernal. Sabia que acima do Poder dos poderes dos homens, a Igreja autointitulou-se detentora de privilégios que jamais lhe foram concedidos, mas que na duplicidade ambígua da dialética religiosa, prosperou, tornando-se a Cúria da Santa Sé uma rede que comandou as sociedades ocidentais, sob a ameaça constante da excomunhão, das penas do Inferno, das penitências, das fogueiras e da tortura do Santo Ofício.

– Sim, padre! – baixando o olhar. Mantenho meu trabalho sob o manto do confessionário, sempre.

– Mais, Teresa de Jesus, semana vindoura vais levar a criança, em minha companhia, para um determinado lugar, retornando com ela aos braços da mãe.

– Sim senhor, padre!

Apertando-lhe a mão, deixa-lhe uma importância, agradecendo seu mister.

– Ora, padre, não precisa – fazendo uma reverência de aceitação e agradecimento com um meneio de cabeça, com ar contrito, como quem saliva uma hóstia consagrada.

Félix deixa o recinto, olhando de soslaio o pequerrucho, recém-nascido, nas veias de quem corria o seu sangue.

Rubro de emoção, caminhava cadenciado para a igreja, cabisbaixo. Mente em efervescência, divagava, entre os parâmetros do Bem e do Mal, das certezas e das incertezas, do universo do fazimento das coisas corretas e incorretas, das penitências clericais, que tantas vezes arbitrara para outros no recôndito indevassável dos confessionários.

– Remoía dúvidas. Será que o Inferno existe? – murmurava baixinho num processo catártico. Ou será que o Reino do Malígno é a nossa consciência, tão somente! O Céu, o Limbo não serão meras criações do ser humano na busca de soluções vivenciais?

– O que devo fazer, Senhor?

– Dai-me luz! – Senhor! – tende piedade de mim.

Sei que em estado de pecador estou. Falta grave, aliás gravíssima, com a qual a Igreja não pactua, embora perdoe, porque ela própria é constituída de homens falíveis e a infalibilidade é mero artifício mental.

A sociedade, isto sim, não perdoa a mancebia clerical, criticando-a numa demonstração sarcástica de que os homens são todos iguais.

A batina para que serve, Senhor? – murmurava Félix.

– Será que é para mostrar aos fiéis que embaixo da veste está um homem puro, modelo para todos, acima das fraquezas humanas?

– Tende piedade de mim, Senhor, clamava Félix em voz alta.

– Nesta hora de extrema amargura pessoal, – brada Félix, – sinto que sou um homem comum, de osso e carne, músculos, nervos, pensante e reflexivo, guindado à condição de exemplo pastoral, a naufragar no primeiro embate de amostragem do poder da carne, do enfrentamento do amor emocional, do poder do ser mulher, dominante, que rompe todas e quaisquer barreiras.

É a Natureza em sua exuberância da multiplicação!

É a lei imutável que desconhece normas e emanações vaticanas, alinhada pela frágil lei dos homens, subproduto da Dona do Mundo, Senhora Natureza, que a tudo rege e determina na Terra.

Padre Félix, ajoelha-se, ora, busca na concentração de pensamentos o conforto espiritual que a ascese proporciona às mentes em processo de elevação vibratória.

Orai e vigiai são tijolos da edificação espiritual.

Padre Félix ergue-se, busca o Livro da Lei, que se encontrava na cabeceira. Abre-o a esmo, como que busca no sortilégio do ato, a solução de suas inquietudes. Lê o título – Livros Sapienciais – e se surpreende com a leitura do livro de Jó, composição literária de autor desconhecido, que a tradição e a oralidade nos transmitem desde o século V a.C..

Para os antigos israelitas a figura de Jó era o do justo sofredor, envolvendo a problemática do sofrimento humano. Naquela época, antes do nascimento do Cristo, Jó é confortado acerca de seus sofrimentos, seus infortúnios, considerados sob o manto de um castigo, porquanto todo homem é um pecador.

Padre Félix continua absorto nesta leitura transcendente, onde a ideia nova é a de que o sofrimento tem a missão purificadora.

E mais, educadora!

Deus, antes do advento do Homem da Galiléia, procura mostrar aos seres que, embora justos, devem proceder com retidão.

Assim, depreende Padre Félix, deste poema introdutório do Velho Testamento, que os desígnios de Deus devem ser perscrutados na dimensão celestial da provação dos homens.

O Criador dos Céus ensina-nos o que é sinônimo de Bondade e Justiça e que aos homens toca a provação, devendo humilharem-se com paciência e esperança na busca da Perfeição.

Esta noção do eterno sofrimento do homem tem o desaguadouro de suas inquietudes no universo da paciência, das consolações celestiais, na paz.

O exemplo dignificante de Jó transmite às gerações a emulação da exemplaridade comportamental, do exercício da paciência.

Costuma-se afirmar que o Tempo é o senhor das ações, que transfigura as inquietudes em mansidão espiritual, transmitindo-nos a paz interior, mediante a oração.

Este poema de Jó mostra, conduz os pecadores e seus sofrimentos ao patamar da resignação e ao exercício da paciência humana.

Nesta reflexão metafórica, imbricadas a humildade e a paciência, irmãs gêmeas, a imagem de Jó vai ao encontro de Prudêncio, vate romano, autor de outro poema – Psycomachia.

– A batalha da alma – relembra padre Félix, em voz alta e bom som para que a sua própria alma desperte deste estado letárgico, nauseabundo.

Luta perene do mundo interior com a exterioridade tentacular, desmesurada.

Enfrentamento diuturno da Soberba contra a Humildade – *superbiae et humilitatis congressus* – relembra o pastor de almas!

Assoma à sua mente a figura do frei Pedro Correia, em 1615, autor de monumental estudo acerca da humildade, denominado Conspiração Universal, em seu Discurso VII.

Eis-me Senhor, à busca de um porto seguro onde minha alma tempestuosa possa atracar, a salvo das procelas.

Padre Félix lê, ora e relê; enfim, adormece com o bálsamo dos ensinamentos.

Há paz!

Afinal, todos os gentios são chamados à salvação!

O BATISMO

Os pensamentos secretos de um homem estão acima de todas as coisas, o sagrado, o profano, o limpo, o obsceno, o grave, o leviano, sem vergonha ou culpa.

Thomas Hobbes/ Leviatã

– Bom-dia, padre Fernando. Deus seja louvado!

– Tão cedo na casa paroquial, aqui em São Paulo, padre Félix?

– Que boas notícias me traz de Cotia?

– Agradáveis e ao mesmo tempo preocupantes que atribulam meu espírito inquieto, a respeito do que venho pedir proteção e auxílio.

– Como bem sabe, sendo meu confessor, mantenho relação com Maria Joaquina, que ontem deu à luz um menino.

– É público que mantenho campanha clerical contra o instituto do celibato, mas procuro resguardar as aparências.

– Assim, quero deixar a criança em sua porta, simbolicamente, retornando com ela, logo após, para os cuidados maternais.

Padre Fernando ouvia-o, atentamente, a deitar-lhe um olhar de insatisfação pela ruptura comportamental.

Nesta hora, quedou-se mudo a falar consigo mesmo, sozinho, num verdadeiro solilóquio.

A tristeza invadiu-lhe a alma!

Afinal, os votos de castidade deveriam ser cumpridos, em atenção ao celibato clerical, instituído pelo Papa Inocêncio II (Gregório de Papareschi), em 1139.

Padre Félix, anticelibatário convicto, neste momento nada dizia. Todavia, remoía seus pensamentos acerca do assunto polêmico e de difícil solução vaticana.

Assomava-lhe a mente o conhecimento de casos de nascimento de inúmeros filhos de sacerdotes, que perfilharam seus rebentos.

São acontecimentos que normalmente vem a público e se constituem noticiários para todo o resto da vida.

Pensava e repensava Padre Felix quais seriam suas alternativas.

Fazer o que? – murmurava de forma quase inaudível.

Afinal, era um dos tradicionais sobrinhos de padre!

Mais uma criatura que viria ao mundo de forma incógnita.

Mutismo geral!

Entreolhavam-se, emudecidos. O que fazer? O que dizer? Lastimar-se?

Inopinadamente, sem maiores comentários, de forma incisiva, disse:

– Padre Félix, traga a criança para o batismo e o registro!

Félix, intimamente, sentiu-se envolto pela energia transbordante da astralidade, neste momento, a iluminar o nascimento de uma luz estelar no cenário sombrio de suas preocupações.

Esotericamente, fez-se a luz – *Lux facta est!*

Em verdade, padre Fernando continuava reflexivo, cabisbaixo, sem dizer uma palavra.

Maria Gertrudes era sua irmã, viúva, e que seria madrinha daquele que veio ao mundo. Como padrinho na pia batismal seria o próprio reverendo.

A mãe, Maria Joaquina, irmã do padre Fernando e de Maria Gertrudes, exultava com o nascimento de Diogo Antônio, alheia à dimensão do enorme imbróglio ocasionado, cuja solução ficaria intramuros. Este incidente de filiação marcou toda a vida de Diogo, que, ao falecer, deixaria um testamento, onde afirmaria que sua mãe era a sua madrinha e o pai, o padre Félix.

De forma inusitada, demonstrativa do ranço existente, declarou:

– "Para desfazer a maledicência, a calúnia e a infâmia, declaro que sou filho de Maria Gertrudes de Camargo e de Félix Antônio Feijó!"

Senhor dos Mundos!

Onde está a maledicência entre ser filho de Maria Gertrudes, a viúva, ou ser filho de Maria Joaquina, sua outra irmã, solteira?

Se o pai era o padre Félix!

Padre Fernando, clérigo ordeiro, membro de uma das famílias mais abastadas de São Paulo, sopesava a sua decisão. As mais díspares soluções assomavam à sua mente, regrada e voltada à caridade e à distribuição de medidas clericais. Sempre obediente ao celibato e às determinações vaticanas.

Era um pároco tradicional e rigidamente obediente às ordens assumidas e juradas, tornando-se um parâmetro de integridade em sua família e em sua paróquia.

Determinara, sem maiores divagações, a vinda de seu sobrinho para o ato batismal. Batizar é um dever imperioso! – pensou.

Sim, imaginou ele, não seria o tio carnal que renunciaria ao atendimento para o batismo de um nascituro, fosse lá quem fosse!

Aquele que tinha vindo ao mundo nada devia aos céus por ser filho de um padre. Não culparia a alma de Diogo Antônio por ser fruto de uma relação amorosa de sua irmã com um clérigo da Igreja, que rompera seus votos de castidade. Negar o batismo seria um ato de desídia para com suas responsabilidades sacerdotais.

O registro como filho de pais incógnitos era uma manifestação unilateral dos ditos responsáveis pelo nascimento. Nada lhe caberia.

Enfim, o aspecto familiar estaria contornado, vez que as tratativas de criação na órbita da casa dos Camargo seriam assunto pertinente à família.

Padre Camargo em seu retiro espiritual pensava, rogando que seu anjo da guarda o orientasse como melhor proceder. Os padres também têm seus anjos da guarda que os protegem contra os pensamentos impuros e atos incorretos e injustos. Genuflexo, principia a orar aos céus para que possa receber do Alto as bênçãos da proteção divina.

Assoma à sua mente perturbada pelo evento as palavras sábias do monge agostiniano Desiderius Erasmus von Rotterdam (Erasmo de Roterdã), humanista, célebre pregador da retidão humana, crítico dos excessos monásticos, cujas obras sempre foram objeto de sua leitura.

Relembra Padre Fernando esta passagem de Erasmo de Roterdã:

> *"O cristianismo hoje, em lugar de pregar Jesus Cristo, deixa no esquecimento o seu nome e o põe de lado com leis lucrativas, altera a sua doutrina com interpretações forçadas e, finalmente, o destrói com exemplos pestilentos."*

Estava decidido a batizar Diogo Antônio, como já ordenara ao pai, padre Antônio Félix Feijó.

Sua mente fervilhava!

Por sua vez, o bestunto de Félix era uma piorra a girar.

Nascer um filho seu e não leva-lo à pia batismal seria um sacrilégio.

Mais que um ato impuro em seu entendimento, uma decisão que conduziria Diogo Antônio ao limbo. Estaria no limiar da loucura, da insanidade, a enfrentar o mundo dos Camargo numa cogitação desta. Seria o limite, a borda – a dimensão do limbo!

Os teólogos medievais entendiam e a Igreja entende o que se denomina de limbo é um espaço dedicado aos mortos não batizados. Um mundo que reúne as crianças não batizadas! Que agrega seres falecidos e não batizados antes da chegada do *Rabôni* (mestre, variante de rabi)! – isto é, milhões e milhões de criaturas vagantes não alcançadas pelo batismo... Uma infinidade de seres humanos acantonados no limbo durante milênios!

Uma horda de infelizes entre o Céu e o Inferno à espera da Esperança!

Como Deus é uma entidade vislumbrada como a essência da Piedade, há uma incongruência com a existência do limbo a reunir os bebês e uma falange de criaturas natas antes do advento crístico na Terra.

A Piedade é algo abrangente – sem restrições.

Quiçá o Vaticano, futuramente, venha a corrigir esta norma administrativa, eliminando o limbo e liberando os bilhões de almas residentes, penadas, não batizadas.

Será uma verdadeira enxurrada cósmica de incréus a povoar o éter, após milênios!!! Algo apocalíptico!

* * *

Dia seguinte, cedo, chegam à sacristia Maria Gertrudes, a madrinha, padre Félix, o genitor; a mãe, Maria Joaquina, toda sorridente, embalando o catecúmeno Diogo Antônio, vestido de branco; presente o celebrante padre Fernando, que não escondia a sua insatisfação. A madrinha faz o sinal da cruz e pede o batismo, que imediatamente recebe a unção do óleo, dizendo o pároco:

> *"O Cristo Salvador te dê sua força. Que ela penetre em tua vida como este óleo em teu peito."*

Aspergido com água benta, recebe o sacramento batismal, redimindo de todo e qualquer pecado original.

Padre Camargo, com voz trêmula e comovida, cantou por três vezes *Agnus Dei qui tollis peccata mundi*, após o que os presentes, de imediato, responderam com um cantar sentido – *miserere nobis*.

Camargo deixa a igreja com ar soturno, sombrio e intratável, sem ter feito a prédica.

Era visível seu estado de alma!

Batizado como filho de pais incógnitos, embora presentes, nasce para a Mãe Igreja com a proteção do Espírito Santo, Diogo Antônio Feijó!

PAIS INCÓGNITOS

Singular vida a desse mulato de Santos! Sobrinho-bisneto, pelo lado materno, de Alexandre e Bartolomeu de Gusmão, com Dons artísticos pouco comuns, pintor e arquiteto, casou-se em Itu, teve cinco filhos, enviuvando, fez-se padre.

Antes e depois de ordenar-se, pintou várias igrejas da vila, traçou o plano e construiu quase até o fim a Igreja de Nossa Senhora do Patrocínio.

Além disto, compôs músicas sacras.

Mais que tudo isto, porém, tinha aquela bondade contagiosa que tão fundo tocou o temperamento algo ríspido de Feijó e soube atrair tantas outras almas inquietas e enfaradas do quotidiano.

Octávio Tarquínio de Souza

Assim, nascia Diogo Antônio Feijó, filho de pais incógnitos sob a proteção da família Lopes de Camargo, que lhe abriria as portas do mundo, da sociedade, da política e do conhecimento.

Jovem, extraordinariamente inteligente, começou cedo sua vida no magistério, a ministrar aulas de história, de geografia e francês, abeberando seus conhecimentos na comunidade dos Padres do Patrocínio, sob a supervisão do padre Jesuíno do Monte Carmelo, em Itu.

Inicia-se deste convívio pastoral a mais extraordinária reunião de dois valores íntegros, morais, a serviço da Santa Igreja.

Homens puros! Conscientes de suas vicissitudes vivenciais.

Personalidades amalgamadas no cadinho gigantesco das reflexões, de origens díspares, reunidas na forja do trabalho, das potencialidades evangelizadoras.

Algo ígneo! Transcendental.

Jesuíno Francisco de Paula Gusmão em plena vigência escravocrata, era filho ilegítimo de Domingas Inácia de Gusmão, parda forra. Homem mulato, segregado pela sociedade, casou-se com a branca Maria Francisca, da família dos Godoy, tendo linhagem caucasiana, como sobrinho do Padre Voador, Bartolomeu de Gusmão.

Pintor, arquiteto, escultor, entalhador, mestre em torêutica ou seja a arte de esculpir em metal, poeta, músico. Extraordinário artesão, vilipendiado por ser negro, registrou em suas pinturas na Igreja do Carmo os santos mulatos, negros e arianos, numa verdadeira simbiose racial, demonstrando a igualdade no Reino dos Céus.

Pai de cinco filhos, enviuvou, e ordena-se padre carmelita.

À época, a Venerável Ordem Terceira do Monte Carmelo, da Vila de Itu, requereu um breve ao papa, que jamais foi concedido, concernente à sua condição racial.

– Bem-vindo, Diogo, ao nosso grupo, aqui em Itu, cidade que cognominam de Roma brasileira.

É a velha e saudosa Freguesia de Nossa Senhora da Candelária da Vila de Itu, lá dos idos de 1691.

Um momento mágico!

Jesuíno, segurando as duas mãos do jovem recém-vindo, transmite-lhe com efusividade a energia benéfica da fraternidade.

– Jesuíno, sua doçura em receber o viandante que sou, transmite-me a convicção que encontrei o abrigo espiritual, de que estava a necessitar.

– Acredito que aqui, neste Seminário São Luís, em Itu, trarei meu espírito inquieto e irrequieto para o aprendizado, diário, na manjedoura da paz interior.

– Em verdade, os Padres do Patrocínio, patrocinistas, não constituem uma ordem religiosa. Inexiste uma congregação sedimentada pelos cânones eclesiais, autorizada pelo Vaticano. Você está a chegar a uma grei, verdadeira sociedade de clérigos seculares, que se reúnem, sistematicamente, para interagir conhecimentos da doutrina cristã.

– Porto Real de Itu, como bem sabe, cheira a religiosidade, verdadeiro núcleo vibrátil de ascese comunitária.

– Há pureza neste grupo de clérigos, rigidez e austeridade de costumes. Verdadeiro refúgio para reflexão acerca dos embates vivenciais entre o mundo da espiritualidade e o cadinho efervescente da realidade profana, enraizada na política menor dos homens.

– Jesuíno, adiantou-se Diogo, fui anteriormente educado em Santana de Parnaíba, tive o privilégio de ser orientado, também, pelo meu padrinho de crisma, o padre João Gonçalves de Lima, que me mostrou o azimute do viver em consonância com a retidão de princípios crísticos, universo vivenciado pelo Rabi, na Galiléia, entre os homens vestidos de branco de Qram, os essênios.

– O meu espírito me indica que devo caminhar pela estrada da pobreza, que marca os seres de forma indelével numa experimentação inequívoca.

– Viver em estado de pobreza. Esmolar. Vivenciar o comportamento do esmoler. Buscar os cêntimos da generosidade humana. Verdadeira forja de valores formadores de um caráter imbatível para consolidação do entendimento do ser e do ter.

Diogo olhava aquele homem de acendrado espírito universal!

Jesuíno, marcado pela cor, palmilhara, também, os ínvios caminhos da experiência de constituir uma família convencional, ter filhos, instruí-los, moldá-los para o bem, tornando-se, após a viuvez, padre. Homem sem conflitos vivenciais, alinhado às normas da clericatura. Criatura reta, comedida, reflexivo por natureza e observador atento, permanente, das ondulações comportamentais. Um asceta!

Padre Jesuíno do Monte Carmelo, homem austero, incita Feijó ao término do processo eclesiástico de habilitação de *genere et moribus*, ordenando-se padre, após a conclusão do Curso de Filosofia, passando a dizer missas, administrar sacramentos.

Anteriormente ordenado presbítero, afirmava-lhe Jesuíno, do alto de seu inexpugnável bastião moral :

"Esta carreira é recomendada para quem, na sociedade colonial, se sinta predisposto à vida do espírito e à atividade intelectual."

– Relembre sempre, Diogo, que as ordens do sacerdócio são sete: três maiores, Presbiteriato, Diaconato e Subdiaconato; e quatro menores, com a condição de Acólito, Exorcista, Leitor e Ostiário.

Jesuíno antevia no jovem Diogo Antônio o brilho intelectivo e a capacidade, ímpar, para o mundo laico.

Indagou-lhe, certa vez:

– Diogo, você que é um estudioso dedicado ao pensamento racionalista de Immanuel Kant, poderia ensinar filosofia, elaborando uma obra no Brasil, de forma precursora!

– Claro, meu dileto mestre!

– Tenho em mente, de forma avivada, a máxima deste prussiano, que nos ensina:

"*O homem não é nada além daquilo que a educação faz dele!*"

Filosoficamente, é o idealismo transcendental!

Sem dúvida, os desafios marcam os homens em sua caminhada.

– O sucesso ou não, são facetas pragmáticas do caminhar de vida, completou Diogo, em tom lapidar.

Redarguiu Jesuíno:

– O magistério é o exercício do saber. Nele o intelecto procura o espírito; o aluno busca o professor; o conhecimento visa a irracionalidade. Não é profissão! É sacerdócio! É abnegação! Ensine. Ensine, sempre, para todos e em qualquer lugar e tempo, porque ensinar é semear sementes. Não vises aos frutos, não olhes o terreno, semeia, sempre, ensinando tudo. No magistério da vida, o tempo não conta!

Diogo ouvia atentamente, circunspecto.

Os diálogos entre Jesuíno e Diogo mantinham-se no nível de inteligência transcendente, voltados, sempre, sob a visão humanística.

O líder dos padres do Patrocínio, em Itu, estava convicto que tinha em suas mãos um verdadeiro diamante.

– Jesuíno, você que está a pintar e construir, realizando um sonho quimérico, que é construir a igreja e o Colégio Nossa Senhora do Patrocínio, merece a nossa ajuda permanente.

– Jesuíno, quero fazer-lhe um convite.

– Venha morar em minha casa, aqui na Rua da Palma, defronte ao Largo do Patrocínio. Você terá mais facilidades para locomover-se, diariamente, esmolando e buscando recursos.

Eliminarás as preocupações de alimentação e trato pessoal das coisas diárias.

– Como bem sabes, recebi dos Camargo alguns escravos, que me cercam e que realizam as tarefas domésticas indispensáveis.

– A propósito, lamento a existência destes grilhões à liberdade humana e estou inclinado a alforriá-los o mais breve possível, afiançou Diogo.

– O vil metal impera em nossa sociedade, Jesuíno. O tráfico negreiro é uma realidade.

– E por falar em dinheiro, conseguiste em Santos apoio de Dom João VI? Ele se mostrou argentário?

– Diogo, o Rei abriu a burra e doou 115 contos de réis!

– Incrível, Jesuíno, é muito dinheiro e tenho certeza de que agora você finaliza as obras.

– Pois é, sinto-me feliz com o gesto real – Jesuíno ouvia Diogo e punha-se a matutar. Não é todo dia que nos chega, em Itu, inteligências brilhantes e desprendidas, batendo em nossas portas.

Vamos ao trabalho catequético, pensou Jesuíno!

Importante era investir, formá-lo, burilar seu espírito inquieto e ríspido, dar-lhe forma, brilho multifacetado. Uma pedra bruta para ser lapidada!

Jesuíno exultava com a inteligência de Diogo.

Cada dia em sua formação e aprimoramento educacional, Diogo absorvia a gnose humana, impactada pelo iluminismo francês, com os ideais oriundos da Queda da Bastilha. A república, o humanismo dos enciclopedistas e os ditames da Revolução Francesa de 1789 floresciam e se aspergiam no universo europeu.

Lisboa e Coimbra, em Portugal, e Montpellier na França, com sua bela Faculdade de Medicina, transmitiam ideias transbordantes dos novos tempos, confrontando com o obscurantismo temporal da época do medievo.

– Jesuíno, meu amigo, analise as discrepâncias existentes entre o poder atual, oriundo das novas ideias revolucionárias, e as estruturas tradicionais, conservadoras, vigentes há séculos.

– São dois mundos antagônicos!

Igreja e poder real, sempre interligados no padroado brasileiro, mostravam as linhas de pensamento conflitantes com a ideação francesa, de liberdade, igualdade e fraternidade.

Consciente, Jesuíno via o crescimento filosofal e comportamental de Diogo, que surpreendia os demais.

Ordená-lo seria ato primacial, resguardando-o dos embates políticos, sociológicos. As marcas da tonsura, singelo ato religioso, pelo qual o ordenando, ao ser-lhe conferido as ordens menores, ou seja, ao iniciar no clericato, recebe o tradicional corte de cabelo, circular, diminuto, com cerca de três centímetros ou mais de diâmetro, marcou Diogo. Uma pequena tosquia a simbolizar a renúncia às vaidades humanas. Ingresso no clericato! – *prima tonsura.*

A propósito, Diogo folheava livro recém-chegado de Lisboa, Direito Ecclesiástico Portuguez, de autoria do doutor Bernardino da Silva Carneiro, que registrava o assunto, assim:

"A idade da primeira tonsura varia ou pode variar segundo os bispados. Para menores a constituição de Évora exige a idade de quinze; e neste bispado de Coimbra está por princípio adoptada a idade de quatorze. Para subdiácono, porém, e daí para cima, já não é coisa arbitrária. Cada uma das ordens sacras tem a sua idade definida.

Não pode ser subdiácono quem não contar vinte e dois anos; diácono, quem não tiver vinte e três; presbítero, quem não tiver entrado nos vinte e cinco; e bispo, quem não tiver trinta".

– Diogo, o ato da tonsura é algo que marca o seminarista por toda a vida. É estigma vivencial que se introjeta na alma. É um banho de luz a iluminar as entranhas da psique, mostrando-nos que o mundo da devoção deve prevalecer sobre as emoções.

Diogo, ciente de que seu mestre Jesuíno pintava os tetos das igrejas com seus anjos, arcanjos, querubins, serafins, marcando-os com halos divinais, pairando sobre suas cabeças, indagava-lhe a respeito dos chacras e, em especial, do chacra coronário, ponto onde a tonsura se localiza.

– Qual é a sua visão e o seu conhecimento?

– Diogo, minha visão é a da Igreja!

– É a da gnose...

Da gnose estratificada com limites institucionais, que devem ser observados. Todavia, meu conhecimento pictórico já visitou os meandros do mundo espiritual, onde os orientais, há milênios, estudam estes centros de força energética, que interligam o duplo etérico. São sete vórtices, ditos chacras, rodas em sânscrito, que harmonizam o ser humano, fazendo refulgir com vívida luz o grau celestino.

– Então, Jesuíno, a tonsura se localiza na região do chacra coronário, no topo da cabeça, um dos sete, além do frontal, laríngeo, cardíaco, plexo solar, esplênico e básico. Aqueles halos de luz que você pinta sobre as cabeças de todas estas figuras angélicas, seriam, então, emanações de energia cósmica?

Jesuíno emudeceu, guardando o proverbial silêncio esotérico!

Era fundamental!

Jesuíno fita calmamente Diogo e obtempera:

– Nós somos o ontem, o hoje e o amanhã! Verdadeira trindade temporal, que se esconde nas dobras da infância, na exuberância da tez jovem e nas rugas da ancianidade. Processos cíclicos que se espraiam no universo da memória.

– O tempo é uma criação dos homens!

– Assim eu penso, Diogo.

A personalidade de Diogo foi sendo amalgamada no cadinho gigantesco de valores em efervescência, existentes no seu período vivencial.

Neste interregno, o Brasil e o mundo sofriam inacreditáveis mutações procedimentais, verdadeiros terremotos trepidantes de valores e ideias conflitantes, gerando profundas alterações sociais.

Jesuíno e Feijó, constituíam uma verdadeira simbiose de pensares. Espíritos gemelares, austeros. Unidades intelectivas complementares. Verdadeiros conteúdos e continentes.

Jesuíno, certo dia, na hora do Angelus, dirige-se a Diogo e confidencia:

– Diogo! Gostaria, que a partir de hoje, fosse meu confessor!

– Afinal, somos dois sacerdotes e devemos nos preparar espiritualmente.

A catarse é fundamental no processo do aperfeiçoamento humano. É a magia do silêncio esotérico. Mundo da introspecção! Verdadeira dialética dos segredos!

– Honra-me a distinção, Jesuíno – completou Diogo com voz baixa, assentindo, visivelmente emocionado.

Ontem, em meu claustro, pela madrugada, tive a nítida impressão de acordar de um profundo sono, onde um velho, de barbas brancas, franciscano, me entregava um poema, como presente pelo transcurso de meu aniversário de nascimento. Algo inusitado, incomum. Onírico texto. Ao despertar do mundo imaginário, procurei anotar.

"Um dia
Eu me encontrei comigo
E falamos a sós.

Disse a mim verdades.
Verdades puras,
Verdades nuas, despidas.
Disse tudo!
Eu me ouvia atento,
Ganhando alento
No silêncio do encontro."

Isto é episódico! – disse Diogo.

Esta correlação de forças fraternas perduraria até o falecimento de Jesuíno, quando Diogo reverberou, postumamente:

"Na verdade, senhores, um não sei quê tinha aquele semblante de amável e lisonjeiro que atraia, cativava e docemente arrebatava os que o ouviam. Eu mesmo, à primeira vista, senti os encantos deste encanto; eu não me fartava de vê-lo, ouvi-lo, de estar em sua companhia; eu contava por uma felicidade ter parte em seu coração; este fenômeno raro não foi encontro de amor ou inclinação, foi uma necessidade de admirar, de amar a inocência e a virtude."

Diogo, entre os padres de Itu, reencontrando-se com Deus, recebeu das mãos de seu confessor a força imantadora para a correção vivencial, formadora de um caráter rígido e uma fé inabalável no Criador.

O pai que não tivera para ampará-lo em sua adolescência, durante sua formação juvenil, ressurgia na pessoa de Jesuíno, binômio de genitor e protetor, mostrando-lhe o reto proceder no quadrilátero indevassável do confessionário.

Seu pai, padre Félix, mantinha-se numa posição distante do filho, temeroso das repercussões sociais, pai incógnito de filho incógnito, pode-se dizer. Mundo cinzento da consciência temente a Deus. Ausência comportamental que apequenava seu espírito infeliz.

Mas Deus escreve certo por linhas tortas, diz o povo em sua sabedoria popular.

Jesuíno não se descurava em momento algum de preencher esta lacuna filial e amorosa, tangedora do equilíbrio e da paz interna, que tanto Diogo precisava e encontrara.

Jesuíno, do alto de sua extraordinária capacidade de antever o mundo que lhe rodeava, mostrava ao seu dileto amigo que a humildade e o amor fraternal regem a vida dos homens em seus caminhos cheios de obstáculos e dificuldades.

– Aperfeiçoamento humano!

– Jesuíno, meu amigo! Vivo a dialogar comigo mesmo, indagando-me numa autorreflexão, quiçá pela minha origem, o que é ser incógnito? Desconhecido de quem? Ignorância de nós mesmos? Desconhecido de muitos que não devem saber ou de poucos que guardam o conhecimento dos fatos por razões as mais díspares. Onde está o limite de ser incógnito, da incognitude? Será, Jesuíno, que não existem limites? Em havendo, serão fixados nos parâmetros das conveniências sociais, religiosas, financeiras, metafísicas?

– Indago-me, Jesuíno, sempre, se o estado de incógnito reside em mim, em meu universo pessoal, ou no mundo dos circundantes, que o regem na dimensão de suas posturas vivenciais, a protegerem-se como carapaças protetivas de valores éticos, morais?

– O Mar Tenebroso de nossas inteligências pode tornar-se plácidos lagos, vastidões cerebrais em repouso, apenas por nossa exclusiva vontade?

Kant afirmou, de forma metafórica, que "toda a reforma anterior e toda mudança para melhor dependem exclusivamente da aplicação do nosso próprio esforço".

–Tenho lá minhas dúvidas, Jesuíno, acerca desta exclusividade! Vivenciamos o mundo do real e do irreal e qual será destes universos o que rege as almas?

A vida é curta! A vida é linda!

A vida é um sopro mágico do Criador, da Natureza, como queiram, uma centelha de luz a iluminar as nossas mentes – algo aparentemente incógnito que se espraia na ubiquidade celestial.

– Muitas vezes, Jesuíno, indago-me se as almas carregam experiências pretéritas ou habitam nossos corpos frágeis e timoratos por uma só vez, fenecendo como a chama de uma vela, a findar.

O verossímil, a verdade verdadeira são meras especulações da cerebração humana, das intuições.

Algo imaginável de um mundo inimaginável, etéreo, infinito!

Jesuíno – meu amigo!

Vivo a dialogar comigo mesmo, indagando-me numa autorreflexão, quiçá pela minha origem, o que é ser incógnito?

Desconhecido de quem? Ignorância de nós mesmos?

Desconhecido de muitos que não devem saber ou de poucos que guardam o conhecimento dos fatos por razões as mais díspares.

– Meu fráter Jesuíno, o que se verifica em nossa sociedade colonialista, após a chegada da comitiva de D. João VI com sua corte de bajuladores e com a assunção do primeiro Imperador brasileiro – D. Pedro I – é a criação de uma nova realidade nacional com valores em efervescência, enquanto perdura esta situação angustiante da maioridade do Infante Pedro.

A autoridade dos pais tem sua base, seu fundamento num conjunto de valores que resultam de suas vivências, de suas experiências, que são repassadas no trato cotidiano às suas gerações. O ensino de valores, entendidos como pétreos, como falar a verdade, tratar o próximo com justiça, o controle da agressividade, o respeito aos direitos dos outros, não roubar: enfim, um somatório de procedimentos que devem as famílias manter sob observação para que vivam em harmonia.

– Jesuíno, existe uma contemporaneidade de atos universais!

– A família secular sob a égide do poder do *páter-familias* sofre, agora Jesuíno, os primeiros abalos com o advento da Revolução Francesa.

É a visão de um mundo laico que afronta o poder de um Deus Pai, dos reis, que por sua vez atinge a figura do pai no seio dos lares.

– A configuração monárquica se esfacela! Jesuíno. Esteja certo.

Deve-se entender que o afeto e a autoridade não se encontram em polos antagônicos.

Eles são harmônicos.

O mundo republicano passa a ocupar espaços geográficos e mandamentais.

Em todo o mundo atual as monarquias encerram seus ciclos de existência, seus círculos de imantação, suas configurações milenares.

O Brasil, assim viverá!

JESUÍNO DO MONTE CARMELO

Aqueles que estão acostumados a julgar pelo sentimento não compreendem o processo do raciocínio, pois pretendem a primeira vista e não saem atrás de princípios.

Blaise Pascal

Jesuíno, calmamente, ajeita a sotaina surrada, contendo alguns respingos da pintura que fazia na abóboda da igreja, minutos atrás.

Agora, limpa a ampla mesa improvisada da saleta contígua à sacristia, a fim iniciar o lanche da tarde em companhia de Diogo. O cheiro das tintas é forte. O ar está impregnado da terebentina. O ambiente tem uma sensação de magia que inebria a todos. Pincéis, estopas, espátulas se misturam pela mesa, num canto, onde é servido o café. Jesuíno massageia as mãos, se espreguiça, movimenta os dedos, estalando os artelhos. Justo descanso da pintura desenvolvida lá no alto dos andaimes, rente ao teto, em posições incômodas, desconfortáveis. Desenhar com craiom os anjos, formatando o esboço, definindo as linhas, os contornos, dando-lhes vida e expressão angelical, é um exercício que altera a coluna vertebral. As dores cervicais são enervantes. A concentração exigida para o ato de pintar, misturando cores, tons, sobre tons, colorindo a energia mágica que se distribuía na palheta, fazia de Jesuíno um mero instrumento da astralidade.

Fantasmagórico. Genial. Luz se espraiando pelo éter!

– Caro Diogo! Tem café na cafeteira. O chá de camomila e a infusão de funcho estão naqueles bules de cor azul. Vamos comer algo. Sentemo-nos e conversemos.

– Imagine só, Jesuíno, que acabo de receber de um padre francês, Yves Delacroix, recém-chegado ao porto de Santos, uma verdadeira preciosidade, vinda do Reino. É esta publicação em português da Declaração dos Direitos do Homem e do Cidadão, proclamada em 2 de outubro de 1789, em Paris.

– Ainda, Jesuíno, devo dizer-lhe, quando me encontrava no porto de Santos, hoje pela manhã, este padre Delacroix me apresentou um botânico francês de nome Saint-Hilaire, diretor do Jardin Royale, em Paris, que chega ao Brasil para herborizar a flora brasileira, classificando-a. É um cientista de fama mundial e pessoa de simples trato, muito agradável. Diz chamar-se Augustin François Cesar Provençal de Saint-Hilaire. Conversamos em francês por longo tempo, quando lhe dei notícia de seu trabalho pictórico nas igrejas. Mostrou-se entusiasmando e desejoso de conhecer seu trabalho.

– Vejo que meu francês está em excelente nível, embora não tenha oportunidades em reavivá-lo, diariamente.

– Tomei a liberdade, Jesuíno, em convidá-lo para conhecê-lo e apreciar seus anjos celestiais, maravilhosos, que ornamentam suas pinturas.

Servirei de intérprete com muita alegria, nesta oportunidade.

– Vamos, então, aguardar a ocasião, Diogo.

– Falou-me, *en passant*, ou seja, por alto, neste encontro que tivera conhecimento na França da existência de uma loja maçônica no Brasil, em Salvador, criada em 1759, denominada Academia Brasílica dos Renascidos, que tem objetivo de reunir todas as formas do Saber, entre elas a classificação da flora e fauna brasileiras. Perguntou-me, também, se eu tinha conhecimento de outra loja maçônica, na Bahia também, com o nome de Academia Brasílica dos Esquecidos, criada em 1724.

– E o que você disse, Diogo?

– Afirmei-lhe que tenho conhecimento, sim, de duas academias literárias no Rio de Janeiro; uma, Academia dos Felizes, em 1758 ,e a outra, Academia dos Seletos, em 1752, todas tendo como figura principal o Conde de Bobadela, Gomes Freire de Andrade.

Eram entidades culturais e ao que me parece já não mais existem.

– Disse-lhe: *monsieur Delacroix, je ne sais pas*! – eu não sei!

– Lamento, mas vou informar-me e transmitir ao seu conterrâneo e amigo Saint-Hilaire, quando chegar em Itu.

– Tenho conhecimento, todavia, Senhor Delacroix, que por volta de 1772, no Rio de Janeiro foi criada pelo vice-rei, Marquês de Lavradio, a Academia Fluminense, cognominada de A Científica, que desenvolvia estudos acerca de Medicina, de Botânica e de Farmácia.

– É tudo que sei! Nada mais!

– Diogo, fique sabendo, meu caro neófito, que essas academias são na verdade lojas maçônicas disfarçadas como centros culturais, evitando perseguições eclesiais.

Em Pernambuco, por volta de 1796, o padre paraibano, Manuel de Arruda Câmara, carmelita, Diogo, médico formado em Montpellier, fundou o Areópago de Itambé, que em verdade era uma loja maçônica disfarçada, tanto é que foi dissolvida a ferro e fogo...

Os integrantes, todavia, refizeram-na num dos engenhos da poderosa família Cavalcanti sob o disfarce singelo e pueril de escola democrática.

– Saiba, Diogo, as atas da Academia Brasílica dos Esquecidos (1724) foram incineradas em 4.2.1725 em razão das perseguições eclesiais.

Há outra, de 1786, no Rio, chamada de Ultramontana.

– Traga-o, convide-o para um encontro aqui na igreja, em Itu, que tenho a convicção que apreciará os meus desenhos, embora eu não fale francês, adiantou Jesuíno.

– Não há importância, vez que eu estarei como seu intérprete.

Além do mais, a arte não precisa de palavras! Ela é autoexplicativa, basta ver.

– Ah, sim! Perguntei a Saint-Hilaire se ele pertencia à Arte Real, respondendo-me que não, embora nutrisse simpatia pelos ensinamentos.

– Diogo, estou a lembrar-me, agora, que você poderia conduzir esta celebridade, este ilustre botânico, à presença de meu antigo professor de Retórica, do Convento de São Francisco, o querido e sábio padre Veloso.

– Veloso?

– Sim, Veloso!

Anote o nome completo dele, José Marianno da Conceição Veloso. Ele é primo de Tiradentes. O meu velho mestre é autor da obra *Florae Fluminensis,* que reúne volumoso e mais importante acervo de registro botânico no país.

– O frei Veloso, meu caro Diogo, desempenhou inúmeras atividades em Lisboa, especialmente a convite do Ministro

D. Rodrigo de Sousa Coutinho, que dirigia o Ministério da Marinha e Ultramar, quando foi criada a Casa Literária do Arco do Cego, mais tarde denominada de Tipografia Calcográfica e Literária do Arco do Cego, depois Tipografia Calcográfica, Tipoplástica e Literária do Arco do Cego e, finalmente, incorporada à Imprensa Régia.

– Puxa! Jesuíno será que tanta modificação nominal desta unidade tipográfica é para exibir aos lisboetas um progresso tecnológico permanente?

Este centro tipográfico, dirigido por Veloso, funcionou até bem pouco tempo, 1801, como um verdadeiro celeiro cultural. Até Bocage lá trabalhou como revisor em companhia de José Hipólito da Costa, atual criador do Correio Braziliense, ora em Londres.

Naturalmente, com a vinda da Família Real para o Brasil, agora, em 1808, o dinâmico frei regressou para o nosso convívio, quando foi nomeado membro da Junta Administrativa, Econômica e Literária da Imprensa Régia.

– Quando foi meu professor, caro Diogo, frei Veloso costumava afirmar de uma forma enfática:

"Sem livros não há instrução."

Aliás, em nossos estudos aqui no Patrocínio vou fazer algumas digressões acerca deste homem extraordinário, um sábio.

Saint-Hilaire travará conhecimento com o nosso mais dedicado botânico, um estudioso da flora brasileira.

– Veja com Veloso se ele tem algum exemplar do livro *Thesouro Descoberto no Máximo Rio Amazonas, descripção geographica, histórica do Rio Amazonas*, escrito pelo jesuíta João Daniel, que percorreu a imensidão amazônica, registrando acerca de geografia, história, flora, fauna, durante o período de 1758.

Foi o primeiro tratado publicado, registrando as minas de ouro, prata e diamantes da bacia amazônica.

– Foi preso, salvo engano, pelo Marquês de Pombal, caro Diogo.

– Aproveite a ocasião, Diogo, para presentear-lhe a sua gramática latina, que foi lançada, recentemente. Como brilhante latinista, poderá estreitar laços neste segmento, vez que os procedimentos classificatórios da flora recebem denominações em latim.

– Jamais perca uma oportunidade para a futuridade de seu caminho.

– Sim, como eu disse momentos atrás, esta declaração de Paris invadiu meu espírito de tal forma que já me considero um enciclopedista, vivenciando o Século das Luzes.

– Diderot foi o idealizador da Enciclopédia, centelha humana que congregou mais de 150 cabeças pensantes, tais como D'Alembert, Rousseau, Montesquieu, Turgot.

– Estes homens, Jesuíno, ornados pela inteligência incomum de Voltaire consolidaram os ideais da Revolução Francesa.

– Meu bom amigo. Considero a Revolução Francesa como transcendental virada de página da História da Humanidade!

– Vou lê-la. São dezessete itens! A leitura não se tornará enfadonha!

– Ouça, simplesmente ouça, sem comentários, amigo.

Declarações dos Direitos do Homem e do Cidadão

I – Os homens nascem e ficam livres, iguais em direitos. As distinções sociais podem ser fundadas na utilidade comum.

II – O fim de toda a associação política é a conservação dos direitos naturais e imprescritíveis do homem. Estes direitos são a liberdade, a propriedade, a segurança e a resistência à opressão.

III – O princípio de toda a soberania reside essencialmente na nação; nenhuma corporação, nenhum indivíduo pode exercer autoridade que não emane diretamente dela.

IV – A liberdade consiste em fazer tudo quanto não incomode o próximo; assim não tem limites senão nos que asseguram o gozo destes direitos. Estes limites não podem ser determinados senão pela lei.

V – A lei só tem o direito de proibir as ações prejudiciais à sociedade. Tudo que não é proibido pela lei não pode ser impedido e ninguém pode ser obrigado a fazer o que ela não ordena.

VI – A lei é a expressão da vontade geral. Todos os cidadãos têm o direito de concorrer pessoalmente ou por seus representantes à sua formação. Ela deve ser a mesma para todos, quer ela proteja, quer ela castigue. Todos os cidadãos, sendo iguais aos seus olhos, quer ela proteja, quer ela castigue. Todos os cidadãos, sendo iguais aos seus olhos, são igualmente admissíveis a todas as dignidades, colocações e empregos públicos, segundo suas virtudes e seus talentos.

VII – Nenhum homem pode ser acusado, sentenciado, nem preso senão nos casos determinados pela lei e segundo as formas que ela tem prescrito. Os que solicitam, expedem, executam ou fazem executar ordens arbitrárias devem ser castigados; mas todo cidadão, chamado ou preso em virtude da lei, deve obedecer no mesmo instante; torna-se culpado pela resistência.

VIII – A lei não deve estabelecer senão penas estritamente necessárias e ninguém pode ser castigado senão em virtude de uma lei estabelecida e promulgada anteriormente ao delito e legalmente aplicada.

IX – Todo homem é julgado inocente, enquanto não for declarado culpado e se é julgado indispensável detê-lo, qualquer rigor que não seria necessário para assegurar-se da sua pessoa deve ser severamente proibido pela lei.

X – Ninguém pode ser incomodado por causa de suas opiniões, mesmo religiosas, contanto que não perturbe a ordem pública estabelecida pela lei.

XI – A livre comunicação de pensamentos e de opinião é um dos direitos mais preciosos do homem; todo cidadão pode, pois, falar, escrever, imprimir livremente, salvo quando tiver que responder do abuso desta liberdade nos casos previstos na lei.

XII – A garantia dos direitos do homem e do cidadão necessita da força pública; esta força é, pois, instituída para vantagem de todos e não para utilidade particular daqueles aos quais foi confiada.

XIII – Para o sustento da força pública e para as despesas administrativas, uma contribuição comum é indispensável. Ela deve ser igualmente repartida entre todos os cidadãos em razão de suas faculdades.

XIV – Cada cidadão tem o direito de constatar por si mesmo ou por seus representantes a necessidade da contribuição pública, de consenti-la livremente, de acompanhar o seu emprego, de determinar a cota, a estabilidade, a cobrança e o tempo.

XV – A sociedade tem o direito de exigir contas a qualquer agente público da sua administração.

> XVI – Qualquer sociedade, na qual a garantia dos direitos não está em segurança, nem a separação dos poderes determinada, não tem constituição.
>
> XVII – Sendo a propriedade um direito inviolável e sagrado, ninguém pode ser dela privado, a não ser quando a necessidade pública, legalmente reconhecida, o exige, evidentemente e sob a condição de uma justa e anterior indenização.

Jesuíno, toma um gole de café e confirma, balançando a cabeça.

Diogo continua com sua cantilena.

– Sem dúvida, o homem faz, o Estado, cria.

– Os homens conformam estruturas organizacionais com diversas características que podemos chamar de nações vivas, atuantes com seus modelos jurídicos próprios. O Estado, em verdade, que é a expressão do homem e, na contramão, uma realidade dinâmica, efetivada pelo próprio homem num conglomerado, onde a expressão de nacionalidade se circunscreve a um espaço geográfico. Nele, a etnia informa sua história, suas origens, seu idioma ou línguas concorrentes.

– Estou a levantar, Jesuíno, elocubrações, um véu das intrincadas relações institucionais de um Estado, sem que seja nação de um espaço, reunindo gentes que se ligam pelos laços da religiosidade, tendo interesses patrimoniais semelhantes a outras nações; enfim, uma metamorfose de Estado/Nação/Olimpo, onde o padroado nivela interesses.

– É uma estrutura supranacional no contexto de outras nações, ao mesmo tempo que submerge nas instâncias infranacionais, procurando modelá-las, sob a égide da religiosidade, seja qual for ela.

– Se de um lado já se conformou sob roupagem de impérios, a feitio do império otomano, do sacro germânico, do romano, do grego, do aquemênida, do extraordinário império amarelo, estruturas estas que o tempo esfacelou, remanescendo apenas escombros; noutra vertente, ressurgiram destas cinzas, como fênix, ideários supranacionais de valoração metafísica, que se projetaram para a futuridade.

– Verdadeira simbiose de modelos temporais e religiosos!

– Nos tempos modernos, Jesuíno, vê-se na Europa, basicamente, as sociedades divididas entre ricos e pobres, embora a visão utópica seja humanista, o homem emergente dos feudos continua esmagado, sufocado.

– O Poder só é alcançado pela riqueza! É o fiel da balança, onde num dos pratos está a espada e noutro as moedas de ouro!

– Constituições ricas com belos princípios adornam os edifícios jurídicos dos povos numa falácia. Verdadeiro engodo!

– Falta ao homem, que organiza o Estado, uma filosofia verdadeiramente humanista, enfatiza Jesuíno.

A história revela que, na Antiguidade, mesmo aquelas civilizações grandiosas, as sociedades eram divididas em castas e em todas existiu a escravidão; e em quase todas elas, a mulher não passava de mero objeto servil, procriadora de semelhantes, quando não, enquanto vestais incólumes em sua virgindade, também, imoladas nas aras de sacrifício!

Na legislação mosaica, nos códigos de Hamurabi e de Manu, na Lei das Doze Tábuas, no Alcorão, na Magna Carta e em tantas outras legislações dos mais diversos povos, os homens sempre procuraram algo que se lhes servissem de sustentáculos em suas movimentações sociais, ou seja, um ponto de apoio para afirmarem-se como seres em busca de um caminho e de um fim.

A primeira consolidação de um ideário a romper o religioso, adveio com a Revolução Francesa, de 1789, baseada em princípios maçônicos em suas linhas gerais.

– Foi um basta a tudo e a todos, meu caro Jesuíno.

– A Queda da Bastilha simboliza a derrocada, a ruína de concepções arcaicas e sectárias, feudais, religiosas, vicejantes no mundo até faz bem pouco tempo. Estamos engatinhando com esta nova transformação, com esta macrovisão de preservação do ser humano em seu contexto social.

– Reputo a Revolução Francesa como um marco civilizatório!

– Algo que transformou o individualismo em prol da coletividade dos homens, princípios basilares que deverão permanecer através dos tempos, até que novas gerações do porvir possam transmudá-los em outros princípios, que virão.

– É o homem do Amanhã!

– Mas, o que a Revolução Francesa nos legou nesta verdadeira ruptura umbilical de poderes existentes, temporais/religiosos?

– Sem dúvida Jesuíno, foi algo quase etéreo, transcendental, qual seja a reflexão para mudança ao patamar de seus direitos, como cidadão livre de amarras.

– Reflexões da condição do homem como unidade no Estado e de cidadão, como componente da coletividade.

– Dualidade metafísica que nortcia o ser humano em seu convívio, harmonizando-o em seu contexto. Acredito que as gerações deveriam, permanentemente, ler, absorver e praticar o conteúdo desta mensagem global, bem como os Estados. Não fazer letra-morta de seus princípios, ignorando os seus preceitos em prol de interesses comerciais, financeiros, menores.

– Este ideal proclamado em 2 de outubro de 1789, na romana *Lutetia* (pronuncia-se Lutécia), delineia princípios gerais, declarando serem sob os auspícios de Deus!

Jesuíno prestava atenção e Diogo continuava a dizer!

– Não de um deus católico, apostólico, romano ou ortodoxo; não de um deus maometano; não de um deus hindu; não de um deus budista; não de um deus cripto-cristão; não de um deus levítico; não de algum deus de alguma grei ou facção; não de um deus consagrado entre os avatares que iluminaram o planeta; mas, sim, sob o manto gigantesco, infinito de um Criador, de um deus inominado, de um Grande Arquiteto do Universo.

– Então, posso entender Diogo, que os Direitos do Homem e do Cidadão foram enfeixados nestas declarações, sob os auspícios de Deus e não de um deus?

– Exatamente, padre secular de Monte Carmelo, *per omnia saecula saeculorum* (por todos os séculos, isto é, para sempre), assiste-lhe razão.

– Esta Declaração foi o estopim, o rastilho de pólvora que incendiou as estruturas vigentes, fazendo aflorar o homem como individualidade com seus direitos à saúde, à educação, ao trabalho, à assistência, à liberdade social e religiosa, dando um basta ao domínio inquisitorial.

– Era o ser humano emergindo dos escombros medievais para a coletividade. Consolidação dos princípios maçônicos de igualdade, fraternidade e liberdade, determinando a ruína dos arcabouços elitistas, absolutistas, medievos, onde as castas e privilégios senhoriais e clericais predominavam e por muito tempo hão de resistir.

– A Revolução Francesa com a sua Queda da Bastilha, torreão malfadado de uma ancestralidade, sem dúvida, representa simbolicamente a maior transformação social que a Terra presenciou, despontando a declaração como um verdadeiro marco divisor da inteligência humana.

– Jesuíno, tenho a coragem de afirmar que na História Universal deveríamos demarcá-la como Antes e Depois da Revolução Francesa, isto é a.R.F. e d.R.F., como sinalização da historiografia mundial, em substituição à marcação sectária/ religiosa que a Igreja impôs como Antes e Depois de Cristo, em detrimento da contagem chinesa e judaica, precedentes.

Enfim, é o Poder e seus momentos de ondulação.

– Assim, os libertários do pensamento humano, verificando que a Declaração de 1789 proibia o Estado de fazer (até então uma ficção jurídica), mas não o obrigava de forma cogente, entenderam, em 1793, via Convenção Nacional, editar outra Declaração, que me permitirei ler, que está apenso ao texto principal e que também é curto.

– Vejamos o que registra este anexo posterior, Jesuíno.

– Compõem-no 35 artigos, o dobro do anterior documento, que contém 17 artigos. Vou lê-lo, sem tecer comentários.

– Vamos lá!

Declaração de 1793:

I – O fim da sociedade é a felicidade comum. O governo é instituído para garantir ao homem o gozo destes direitos naturais e imprescindíveis.

II – Estes direitos são a igualdade, liberdade, a segurança e a propriedade.

III – Todos os homens são iguais por natureza e diante da lei.

IV – A lei é a expressão livre e solene da vontade geral; ela é a mesma para todos, quer proteja quer castigue; ela só pode ordenar o que é justo e útil à sociedade; ela só pode proibir o que lhe é prejudicial.

V – Todos os cidadãos são igualmente admissíveis aos empregos públicos. Os povos livres não conhecem outros motivos nas suas eleições a não ser as virtudes e os talentos.

VI – A liberdade é o poder que pertence ao homem de fazer tudo quanto não prejudica os direitos do próximo; ela tem por princípio a natureza; por regra, a justiça; por salvaguarda, a lei; seu limite moral está nesta máxima: não faças aos outros o que não quiseres que te façam.

VII – O direito de manifestar seu pensamento e suas opiniões, quer seja pela voz da imprensa, quer de qualquer outro modo, o direito de se reunir tranquilamente, o livre exercício dos cultos, não podem ser interditos.

VIII – A segurança consiste na proteção concedida pela sociedade a cada um dos seus membros para a conservação de sua pessoa, de seus direitos e de suas propriedades.

IX – A lei deve proteger a propriedade política e individual contra a opressão dos que governam.

X – Ninguém deve ser acusado, preso, nem detido senão em casos determinados pela lei e segundo as formas que ela prescreveu. Qualquer cidadão chamado ou preso pela autoridade da lei deve obedecer no instante.

XI – Todo ato exercido contra um homem fora dos casos e sem as formas que a lei determina é arbitrário e tirânico; aquele contra o qual quiserem executá-lo pela violência tem o direito de o repelir pela força.

XII – Aqueles que solicitarem, expedirem, assinarem, executarem ou fizerem executar atos arbitrários são culpados e devem ser castigados.

XIII – Sendo todo homem presumidamente inocente até que tenha sido declarado culpado, se se julgar indispensável detê-lo, qualquer rigor que não for necessário para assegurar-se da sua pessoa deve ser severamente reprimido pela lei.

XIV – Ninguém deve ser julgado e castigado senão quando ouvido ou legalmente chamado e em virtude de uma lei promulgada anteriormente ao delito. A lei que castigue os delitos cometidos antes que ela existisse seria uma tirania: o efeito retroativo dado à lei seria um crime.

XV – A lei não deve discernir senão penas estritamente e evidentemente necessárias. As penas devem ser proporcionais ao delito e úteis à sociedade.

XVI – O direito de propriedade é aquele que pertence a todo cidadão: gozar e dispor à vontade de seus bens, rendas, fruto de seu trabalho e de sua indústria.

XVII – Nenhum gênero de trabalho, de cultura, de comércio pode ser proibido à indústria dos cidadãos.

XVIII – Todo homem pode empenhar seus serviços, seu tempo; mas não pode vender-se nem se iludido. Sua pessoa não é propriedade alheia. A lei não reconhece domesticidade; só pode existir um pendor de cuidados e de reconhecimento entre o homem que trabalha e aquele que o emprega.

XIX – Ninguém pode ser privado de uma parte de sua propriedade sem sua licença, a não ser quando a necessidade pública legalmente constatada o exige e com a condição de uma justa e anterior indenização.

XX – Nenhuma contribuição pode ser estabelecida a não ser para a utilidade em geral. Todos os cidadãos têm o direito de concorrer ao estabelecimento de contribuições, de vigiar seu emprego e de se fazer prestar contas.

XXI – Os auxílios públicos são uma dívida sagrada. A sociedade deve a subsistência aos cidadãos infelizes, quer seja procurando-lhes trabalho, quer seja assegurando os meios de existência àqueles que são impossibilitados de trabalhar.

XXII – A instrução é a necessidade de todos. A sociedade deve favorecer com todo o seu poder o progresso da inteligência pública e colocar a instrução ao alcance de todos os cidadãos.

XXIII – A garantia social consiste na ação de todos, para garantir a cada um o gozo e conservação de seus direitos; esta garantia se baseia sobre a soberania nacional.

XXIV – Ela não pode existir, se os limites das funções públicas não são claramente determinadas pela lei e se a responsabilidade de todos os funcionários não está garantida.

XXV – A soberania reside no povo. Ela é una, individual, imprescindível e insociável.

XXVI – Nenhuma parte do povo pode exercer o poder do povo inteiro, mas cabe a cada seção do soberano deve gozar do direito de exprimir sua vontade com inteira liberdade.

XXVII – Que todo indivíduo que usurpe a soberania seja imediatamente condenado à morte pelos homens livres.

XXVIII – Um povo tem sempre o direito de rever, de reformar e de mudar a sua Constituição; uma geração não pode sujeitar à suas leis as gerações futuras.

XXIX – Cada cidadão tem o direito igual de concorrer à formação da lei e à nomeação de seus mandatários e de seus agentes.

XXX – As funções públicas são essencialmente temporárias; elas não podem ser consideradas como recompensa, mas como deveres.

XXXI – Os crimes dos mandatários do povo e de seus agentes não podem nunca deixar de ser castigados; ninguém tem o direito de pretender ser mais inviolável que os outros cidadãos.

XXXII – O direito de apresentar petições aos depositários da autoridade pública não pode, em caso algum, ser proibido, suspenso, nem mutilado.

XXXIII – A resistência à opressão é a consequência dos outros direitos do homem.

XXXIV – Há opressão contra o corpo social, mesmo quando um só dos seus membros é oprimido. Há opressão contra cada membro, quando o corpo social é oprimido.

XXXV – Quando o governo viola os direitos do povo, a revolta é para o povo e para cada agrupamento de povo, o mais sagrado dos direitos e o mais indispensável dos deveres."

– Desculpe-me Jesuíno por esta leitura alongada e que pode ser cansativa para muitos, finalizou Diogo com os olhos a brilhar de emoção.

– Oportunamente, vamos reflexionar acerca deste trabalho hercúleo, gigantesco, enciclopédico.

– Itu e nossos pares no Seminário São Luiz, sem dúvida, gostarão de manifestar-se.

– Jesuíno, o item III da declaração de 1793 projeta algo impensável, até então. A disposição é abrangente, avassaladora no contexto das liberdades humanas no mundo. São novos tempos!

> *"III – Todos os homens são iguais por natureza e diante da lei."*

– O texto é de uma clareza lapidar e confronta com disposições do *Ancien Régime*, que foram estratificados pelo poder imperial dos homens em seus castelos medievais, insólitos e distantes de seus gentios.

– A boa-nova da Revolução Francesa, sob o apanágio do lema libertário, enunciado como *Liberté–Égalité–Fraternité*, passam a reger as relações nacionais do mundo europeu e demais nações. Verdadeiro rastilho de pólvora a explodir velhas e arcaicas estruturas, como volto a dizer, Jesuíno.

– A configuração societária, continua Diogo em sua explanação professoral, era dimensionada em três estratos, cada um com um voto nos processos decisórios existentes. O Clero um voto, a Nobreza outro e a burguesia, o povo em geral, outro. O Clero e Nobreza com seus dois votos eram maioria, enfeixando em suas mãos o poder, em detrimento do povo.

– A elite sempre preponderou!

– O Clero, ou seja a Igreja, era vinculada ao Poder como religião oficial, única, num *mélangé* (misturado, misto) laico e espiritual, onde os interesses se compunham em detrimento do povo, simples massa de manobra.

– O Absolutismo com seus excessos e arbitrariedades, ora sob a ameaça da forca, do patíbulo festivo; ora sob o prenúncio da excomunhão, das fogueiras da Santa Inquisição, das torturas em nome de Deus, mantinham o povo, os gentios, como meros escravos de seus caprichos e pensares ideológicos.

– Morre o *Ancien Regime* (Velho Regime), renasce como uma fênix o povo com liberdades, com esperança de vida, – afirma Diogo!

– Somente há trinta e seis anos ecoou o primeiro brado contra a escravidão, enfatiza Diogo, grito este corajoso e pioneiro lançado na Bahia, em 1758, pelo eclesiástico português padre Manuel Ribeiro da Rocha, autor da obra *Ethíope Resgatado, Empenhado, Sustentado, Corrigido, Instruído e Libertado.*

– O Sínodo da Igreja da Bahia publicou *Constituições Primeiras*, sendo que quarenta cânones foram dedicados aos negros escravizados e se limitavam a concitar os senhores de escravos para que as "peças" vivessem na fé cristã.

Nasciam as confrarias do Rosário com suas igrejas dos pretos e mulatos, em razão aos negros não se lhes permitissem entrar nos templos dos brancos.

– Sim, participo em gênero e grau com suas manifestações.

– Nós devemos lutar pela libertação dos escravizados nesta Terra de Santa Cruz, verdadeira ignomínia das elites!

– Você, Diogo, que pelo nascimento e criação vicejou como uma planta no jardim da opulência, do homem branco, do senhorio, não desconhece que eu, em contrapartida, tenho a epiderme negra, marcada pela origem da senzala, do navio negreiro, do tumbeiro vindo de Gorée com sua carga infecta, seus porões apinhados de seres humanos africanos, marcados como gado, numa sina maldita.

– Não se deve esquecer um dizer do Corso, quando afirmou que de todas as aristocracias a pior é a do dinheiro!

– Esta semana, Jesuíno, "recebi a luz", – fui iluminado como dizem os neófitos –, na Loja Inteligência, no Porto das Monções, em Arirataguaba, que sempre foi um marco de saída das monções reúnas e privadas, rumo aos sertões de Mato Grosso e Goiás.

– Estou muito feliz! Tornei-me maçom, também, dedicando-me à Arte Real.

A Vila de Araritaguaba é um vilarejo em permanente crescimento populacional e econômico, de gentio hospitaleiro e festeiro, de onde partem e chegam caravanas – as monções comerciais e científicas.

– Rumam as expedições às minas de ouro! – acrescentou Diogo. Levas de aventureiros movidos pelo sentimento irresistível da *aura sacra fames* – a ambição do ouro!

– Puro interesse metalista.

Araritaguaba é um lindo sítio, que os indígenas assim denominavam em razão dos bandos álacres, ruidosos, buliçosos, multicolores das araras vermelhas, amarelas, azuis, que chegam para comer as areias salitrosas.

Araritaguaba – Lugar onde as araras comem areia!

– Imagine, Jesuíno, que a poucos anos teve seu nome tupi mudado para Porto Feliz, passando a ser vila.

Jesuíno – Por que você foi escolher a loja maçônica de Porto Feliz?

– Poderia ter escolhido em outro lugar! Seria mais prático!

– Acontece, Jesuíno, explicou Diogo fazendo surpresa, que participando das atividades maçônicas de Araritaguaba como era chamada, estou em permanente contato com a movimentação da entrada e saída das monções.

Sei quem chega e sei que vai. É um verdadeiro funil...

Estou informado de tudo!

MAÇONARIA

Vão uns pelo largo campo da ambição soberba, outros pela a adulação servil e baixa, outros pela da artificiosa hipocrisia e alguns pelo da religião sincera. Eu, porém, inclinado à minha estrela, vou pela estreita senda da Cavalaria, por cujo exercício desprezo a fazenda, mas não a honra.

Miguel de Cervantes
Don Quixote de la Mancha

– Tenho notícias, Jesuíno, que você é maçom, confirmando o que me havia, anteriormente, informado.

Nada conheço dessa organização, mas me domina uma curiosidade enorme.

– Ora, a Maçonaria desenvolve-se na Europa, nos Estados Unidos, tendo como princípio basilar da instituição a reunião de homens livres e de bons costumes, independentemente de cor, religiões e raças; unidos sob a crença no Grande Arquiteto do Universo. Constitui-se numa entidade de pensadores que defendem a abolição dos escravos.

– Todos os movimentos libertários- Revolução Francesa, Independência dos Estados Unidos da América, e de países da América Latina, tiveram a liderança da Maçonaria. Todos os movimentos libertários da escravidão negra tiveram o comandamento e participação efetiva da Maçonaria Universal. Líderes como Simon Bolivar, Bernardo O'Higgins, George Washington, José San Martin, José Artigas, Francisco de Miranda, seguidos de um sem número de obreiros, como dizem.

– Para ser maçom basta ser livre e crer em um Deus, reafirma Jesuíno!

Crer num Grande Arquiteto do Universo que a todos rege, independente de sectarismos, podendo cada qual orar por seus avatares: Jesus Cristo, Buda, Confúcio, Maomé, Zaratrusta, Hermes de Trimegistro, Moisés e tantos outros luminares espirituais. A maçonaria não veda a religião de qualquer um, ao contrário, exige que todos os seus membros creiam num Ser Superior.

Assim, mundo afora, a ordem maçônica reúne budistas, muçulmanos, católicos, espiritualistas, protestantes, hindus, num concerto ecumênico de homens livres e de bons costumes, visando à prática do Bem e em busca da Perfeição.

Por reunir homens livres em seus pensamentos e por defender os negros escravos, permitindo que cada um tenha a sua própria religião – liberdade religiosa –, passou a Maçonaria a ser perseguida.

– Exemplar é a figura do clérigo Arruda Câmara, que tão bem conhece, Diogo.

Diogo, emudecido, fitava seu interlocutor.

– Veja, o padre Arruda Câmara, culto homem, expulso da Universidade de Coimbra em razão de suas ideias libertárias, calcadas na recente Revolução Francesa e, tendo estudado, após, em Montpellier, medicina e contatado com a maçonaria, teve sérios contratempos com o Bispo José Joaquim da Cunha Azeredo Coutinho, maçom, que se constitui dirigente maior do Seminário de Olinda, em Pernambuco.

– Nada demais! Apenas diferenças administrativas.

– Mas, Jesuíno, há poucos anos a nossa Santa Religião, que professo, ou melhor, professamos e juramos defendê-la dos ímpios, dos infiéis há um século atrás, isto é, em 28 de abril de 1728, o nosso Santíssimo Papa Clemente XII editou a Bula *In Eminenti* pela qual "excomungava sociedades, assembleias, reuniões, congregações, conventículos, conhecidos vulgarmente por maçons".

– Esta bula foi suplementada por outra – Bula *Provida Romanorum Pontificum*, de Bento XIV, de 1751.

– Pertencer à ordem é sinônimo de perversão e maldade e assim determina:

"Além da excomunhão, qualquer pessoa que tenha relação com a Maçonaria, devem os bispos e inquisidores da heresia anotar as informações e proceder medidas contra os transgressores. "

Somos muitos no mundo e no Brasil, neste momento a defender ideias contra a escravidão.

Diogo, continuava atento, meditando suas caraminholas.

– James Monroe, que recentemente, foi o quinto presidente dos Estados Unidos da América, lançou, agora, uma emenda legal para eliminação gradual da escravidão.

Em França, a *Societé des Amis de Noirs* serviu como base para a elaboração da Declaração dos Direitos Humanos, em 1789. Por sua vez, antes, em 1817, criaram a *American Colonization Society*, que defende a libertação dos escravos e a criação do primeiro Estado independente, negro, na África, a Libéria, com sua capital Monróvia, em homenagem ao Presidente Monroe. Já na Inglaterra, surgiu uma organização similar à francesa, gerando a abolição denominada *British and the Foreign Society for the Abolition of Slavery*.

Os membros da *Religious Society of Friends*, mais conhecidos como *Quakers*, que se constituem numa seita religiosa protestante inglesa, consideram os senhores de escravos como apóstatas. Estes adeptos, verdadeiros filantropos, ou seja, amantes da humanidade, agindo em favor de seus semelhantes, pregam a luz interior, rejeitando os sacramentos e intermediários eclesiásticos, opondo-se à guerra.

São fundamentalmente contrários ao escravismo vigente.

– O antagonismo é obvio com as estruturas atuais, ponderou Jesuíno, após estas divagações. Sem dúvida, um longo caminho deve percorrer os homens em sua ascensão humanitária.

– Abaixo da Linha do Equador, Diogo, tudo é permitido.

– Examine, Jesuíno, que somente e agora alguns países americanos libertaram a massa negra escrava. O Brasil continua aferrado às raízes colonialistas, infensas às modificações sociológicas, acorrentadas aos senhores de engenho. Mundo elitista e poderoso, que mantém intocáveis os seus redutos feudais, canavieiros, reais senhores da vida e da morte. Camada social que está permeada com a falange da mineração, do extrativismo mineral.

São os veios auríferos a escorrerem seu material dourado para serem quintados, lastreando fortunas, riquezas mil.

O reinol colonizador promove sua faina de domínio sob a égide de uma fé única e oficial, a implantar a religiosidade na forma do Padroado, pagando o Clero.

– É verdade, Jesuíno! Mas é melhor assim, a meu ver!

– Há uma verdadeira simbiose eclesiástica e laica, uns dependendo dos outros para suas sobrevivências nos trópicos, nesta vastidão continental.

– Diogo, embora nunca tenha te falado claramente, pertenço à Maçonaria, que em nossos dias, luta bravamente, para libertar os negros africanos desta maldição, desta terrível mácula em nossa sociedade, que é a escravidão. Tenho observado, durante todo este tempo de nossa convivência que você é um ardoroso defensor da liberdade e dos movimentos antiescravagistas.

– Sim, é verdade!

– São duas coisas que martelam meu espírito inquieto e desafiador.

– Uma, é a visão libertária! Outra, é a convicção sacerdotal de que o celibato, criação papal, afronta a natureza humana!

– Bem, Diogo, nós somos homens de boa-fé.

– Quanto à primeira, participo em gênero, número e grau com este pensamento, que nos rege de que o ser humano deve ser livre.

– Quanto à segunda, entendo que a Igreja trilha um caminho correto, embasado em milenar experiência, após longo período de observações fáticas. Tivemos papas devassos e clérigos que não souberam honrar seus votos.

– A Perfeição não é deste mundo!

– Tenho a visão de que o instituto do celibato é salutar, porquanto a ninguém é proibido deixar a vida clerical. É uma opção! O fiel presta um juramento de livre e espontânea vontade, obrigando-se o religioso aos votos sacerdotais. Ninguém os obriga! Há uma vocação para a espiritualidade de forma integral, sem restrições e de acordo com as normas clericais pré-estabelecidas.

– Este assunto, Jesuíno, tem uma complexidade de difícil deslinde filosófico e dialético.

– Dias atrás, o pastor inglês de nome Thomas Robert Malthus, mais velho do que eu, que retratam como um homem taciturno, está a pregar no meio acadêmico que somente a restrição sexual teria o condão de salvar o mundo da fome e da consequente miséria.

– Não consigo vislumbrar a teoria deste bretão como algo fático e plausível, pendulando entre a restrição e a abstinência sexual.

– Em verdade, Jesuíno, uma postura de celibato em sua essência, preocupando-se com o crescimento geométrico das populações e a oferta aritmética da produção de alimentos.

– Vejo com estupefação e concomitante restrição a este posicionamento!

– Caro amigo, deixemos para outra ocasião rearticular nossos pontos de vista. A confrontação de nossas visões merece reflexões mais alongadas.

De igual forma como a Maçonaria, a Igreja não aceita a mulher no universo clerical, guardando os seus limites para um mundo colateral.

– Jesuíno, você deve atentar para uma realidade organizacional que é o formato triangular das entidades maçônicas, religiosas e militares.

– Elas mantêm uma subordinação escalonada, piramidal, com estreitos vínculos de mando e obediência. Patamares hierarquizados e estratificados no conhecimento.

Somente elas atravessam os séculos, milênios, modificando-se e adequando-se ao sabor dos avanços de toda ordem num processo aparentemente camaleônico.

– Assim é, Jesuíno!

– Rompem os séculos, enfrentando procelas e mares revoltos, não permitindo, entretanto, em suas essências a participação direta e igualitária do ser mulher. Todavia, a mulher coparticipa *a latere*, mas jamais integra o núcleo mandamental.

– Das diferenças, meu caro Jesuíno, você que antes de vestir a batina, esteve casado formando uma bela família, deve entender com mais nitidez e clareza as discrepâncias existentes entre o ser mulher e o ser homem, dimensionados pela Natureza.

– Ela, Jesuíno, é que põe e dispõe os diferenciais de comportamento, características vivenciais, dos aspectos físicos e morfológicos e não regramentos humanos de pretensas igualdades e desigualdades.

– Imagine um exército napoleônico marchando com homens e mulheres no campo de batalha, lutando lado a lado!

– Imagine a Maçonaria coparticipando com seus segredos e reuniões esotéricas, enfeixando as falanges masculinas e femininas!

– Imagine a Igreja com os seus clérigos e "clérigas", a ministrar seus atos de fé, coabitando os mesmos monastérios!

– Jesuíno, homens e mulheres são almas díspares, extraordinariamente complementares com indiscutíveis diferenças físicas e emocionais.

– A Natureza é sábia e estas organizações orientam-se pela tradição, experiência e sabedoria vivencial, enfatizou Jesuíno.

– Basta lembrar-lhe, Diogo, que nosso Imperador D. Pedro I é maçom!

– Leva o nome na organização de Guatimozim e é o Grão-Mestre da Maçonaria no Brasil!

– Diogo, os grupos maçônicos liderados por José Bonifácio e Joaquim Gonçalves Lêdo se degladiam. É o Poder, meu caro!

– D. Pedro I foi iniciado na Loja Comércio e Artes no dia 2 de agosto de 1822, como aprendiz-maçom com o nome de Guatimozim!

– Três dias mais tarde foi guindado à condição de mestre-maçom, sendo que dois meses após chega ao Grão-Mestrado, numa trajetória meteórica e descabida. Algo irreal, equívoco e despropositado, meu amigo.

– Vi, Diogo, uma carta que Pedro I encaminhou a José Bonifácio, anterior Grão-Mestre!

Datada de 20 de julho de 1822, exatamente.

> *"O Pequeno Ocidente toma a ousadia de fazer presentes ao Grande Oriente, duas cartas da Bahia e alguns papéis periódicos da mesma terra há pouco vindas. Terra a quem o supremo Arquiteto do Universo tão pouco propício tem sido.*
>
> *Hé o que se oferece por ora a remeter a este que em breve espera ser seu súdito e I.°.*
>
> *Pedro*
>
> *aos 20 de julho de 1822"*

Esta carta de D. Pedro I, quando ainda não era maçom, em 20 de julho, vez que a sua iniciação se verificou em 2 de agosto, tem merecido uma série de controvérsias e conjecturas descabidas.

– Saiba, Diogo, que o monarca no canto superior da carta, à esquerda, desenhou um sol irradiante e acima deste um conjunto de letras que alegam ser a palavra *alatia*, o que se constitui um equívoco. Em verdade, o que D. Pedro I, ainda neófito, fez foi desenhar um compasso (letra A), um esquadro (letra L), um triângulo (letra A), um malhete (letra T), uma pá de pedreiro (letra I) e um olho que tudo vê (letra A).

Nada mais!

– Como conciliar a questão da norma vaticana e a da ordem maçônica com seus postulados?

– A Santa Sé é diametralmente oposta, redarguiu Diogo, ameaçando inquisitorialmente a não obediência...

– Ora, bem sabes que nossa Constituição Imperial, de 1824, estabelece que a religião oficial é a Católica Apostólica Romana.

– É a nossa religião!

– Antevejo, Jesuíno, que haverá tempos que este vínculo será suprimido e que outras religiosidades ornamentarão o cenário social em decorrência do livre arbítrio, da liberdade de pensamento, de reflexão humana.

– Cultura e religião não se sustentam por meros atos institucionais. Regem-se pela vontade popular, pessoal, intrínseca à íntima vontade interior, finalizou Diogo.

– Entretanto, apesar desta disposição canônica, não esqueças que convivemos sob o Regime do Padroado pelo qual é o Imperador quem nomeia e paga os sacerdotes! As bulas e os breves do Vaticano só vigoram no Brasil após o beneplácito imperial! Claro, que o Imperador, atual Grão-Mestre Geral da Ordem no país, não vai punir seus irmãos e obedecer ao Papa, permitindo interferência em sua soberania.

– A confrontação com o poder papal, religioso, é indiscutível, mas fazer o quê?

– Quem paga as côngruas do cura, do Bispo, do Arcebispo, do Clero é o Imperador, senhor de cutelo e baraço, mandatário maior deste acordo político/religioso, dito Padroado , que manda construir igrejas, quer no Brasil, em Portugal e na Espanha, por força de tratado.

– Imagine Diogo, que o barrete cardinalício do Bispo de Lisboa, Patriarca, é aposto pelo Rei lusitano! O Vaticano jamais haverá de insurgir-se pela transgressão a quaisquer ditames de Roma, preferindo que a catequese continue com a implantação da religião na colônia americana.

– Afinal, quem paga manda! Quem não paga e recebe, tenta não obedecer!

– A propósito, o Senhor Rei D. João V, a fim de evitar cobranças e benesses ao pé do altar, fixou aos párocos brasileiros que a Real Fazenda pagasse como côngrua o valor anual de 200$000 por ano, a cada um. Quando as prelazias eram transformadas em bispados, em virtude da Bula *Sollicita Catholica Gregis Cura*, editada por Leão XII, estabelecia a cada bispo a quantia de 1:600$600 para seu sustento.

– Jesuíno, embora reconheça a hierarquia e a importância de um bispo, acredito que os excessos, aqui em São Paulo, ultrapassam limites da sensatez e equilíbrio, por determinação de Portugal, que recomenda:

> *"Os povos que todos observam (sic) quando passar o bispo na rua ou por outra qualquer parte toda a pessoa que o encontrar ponha os joelhos em terra e espere assim até passar o bispo, e se em algum lugar estiver parado fação o mesmo, e recebida a benção, se levantam e irão seguindo o seu caminho."*
>
> *"As igrejas ou religiões repiquem sempre que o bispo passar frente deles."*

– Vivenciamos uma realidade dúplice, onde as liberdades individuais e a libertação dos escravos no mundo encontram-se em ebulição societária, preponderando sobre centenários procedimentos que resistem à esta incontrolável onda de reformulações dos Estados, no mundo.

– Veja alguns exemplos aqui na colônia: o pernambucano general José Ignácio de Abreu e Lima, nascido em 06.04.1794, dez anos mais velho que você e seu conhecido, é filho de José Inácio Ribeiro de Abreu e Lima, o padre Roma, maçom, líder independentista na América Latina junto com Simon Bolívar.

Seu pai, Padre Roma, formado no Seminário de Goiana, onde recebeu o nome de frei José de Santa Rosa, foi um dos líderes da recente e fracassada Revolução de 1817.

Padre Roma ao ser enforcado, negaram-se os algozes assim proceder, razão pela qual foi arcabuzado, diante do filho como medida intimidatória.

– Outro padre-maçom-frei Joaquim do Amor Divino Rabelo Caneca, carmelita, religioso como nós, Diogo, que era um dos líderes da Confederação do Equador, como chamam, foi fuzilado, deixando suas filhas desoladas, Carlota, Joaninha e Aninha.

– Um dos mais valorosos artífices da Revolução de 1817, recente, foi o padre/maçom João Ribeiro Pessoa de Melo Montenegro, seminarista de Olinda, ilustrador das obras de Arruda Câmara.

Suicidou-se, tendo as tropas imperiais cortada sua cabeça, que foi exposta em praça pública, a título de intimidação, como fizeram com o alferes Tiradentes, também, maçom, que foi enforcado e esquartejado na Praça da Lampadosa, no Rio de Janeiro.

Padre João Ribeiro, indômito defensor dos direitos humanos, deixou dois filhos: Filadelfa Pessoa de Albuquerque Monteiro e Hermano Pessoa de Albuquerque Monteiro, Segundo Sargento da 2° Companhia do 13° Batalhão do Recife.

– Vivenciamos realidades discutíveis!

– Em Pernambuco, o capitão Manoel Tomé de Jesus, todo poderoso senhor do Engenho Noruega, defensor de Vitória de Santo Antão, reconhece em seu testamento:

"Que conheceu por pai o mui reverendíssimo Padre Manuel da Costa do Carmo, que me criou como seu filho."

– Em Pernambuco, também, o Coronel da Guarda Nacional Veremundo Soares teria como genitor o saudoso padre A. Joaquim Soares.

– Sou um viúvo, que se tornou padre. Um maçom que vestiu o hábito, Diogo! Tenho uma longa caminhada de vida.

– Há muito tempo, desejo convidá-lo para ingressar na Arte Real!

– E o que é preciso? – encorajou-se Diogo.

– São poucas exigências. Uma delas é ser livre e de bons costumes, como já disse. Os negros não podem ser maçons, porque não são livres, lamentavelmente.

– Outra exigência é crer num Deus Criador, Senhor dos Mundos, um Grande Arquiteto do Universo. Seja lá qual for a religião.

– Sua personalidade se enquadra perfeitamente dentro destes ditames.

– Mas, Jesuíno, o Papa, em Roma edita bulas que consideram a Maçonaria como ímpia. Veda o ingresso dos padres, como você por exemplo. Como pode, então, ser católico e ser maçom, ao mesmo tempo?

– Sua indagação é procedente e verossímil e merece uma resposta mais alongada e reflexiva.

– Primeiramente, devemos nos ater que o Clero no Brasil vive sob o Regime do Padroado.

– Jesuíno, os registros da Santa Sé fixam que a Bula *Romanus Pontifex*, de Nicolau II (1455) consagrava ao reino lusitano poderes para que reivindicasse direitos exclusivos sobre terras conquistadas daqueles que não professavam o catolicismo, ou sejam os infiéis.

– O Vaticano arvorava-se dono do mundo!

Adiante, em 1456, a Bula *Inter Coetera* confirmava privilégios anteriores e ungia à Ordem de Cristo bens e direitos eclesiásticos, que foi ratificado pela Bula *Aeterni Regis*, editada pelo papa Sisto IV e pela Bula *Praeclarae Devotiones*, de Leão X.

Cinco anos depois, o mesmo pontífice reconfirmava ao reino português a posse dos patrimônios eclesiásticos e suas conquistas, sendo esta complementada por outra – Bula *Dum Fidei Constantiam*, que incorporava todas as igrejas de ultramar à Ordem de Cristo, concessiva do padroado, até hoje vigente.

– Jesuíno, assim, o monarca passou a deter o poder civil e eclesiástico em suas mãos.

– Nosso Imperador, líder maior da Maçonaria, é quem paga o Clero e detém o poder clerical de aprovar, ou não, bulas e clérigos.

– Qual seria o Papa a excomungá-lo?

A Santa Sé prefere que a bula seja burlada num consentimento tácito a vedar a evangelização e perder o patrocínio material. O Reino remunera o mundo sacerdotal e constrói suas igrejas com o dinheiro do Erário Público.

Há um tratado vigente!

– Vê-se que a Santa Sé concedeu privilégios religiosos aos Reinos de Portugal e Espanha, que foram estendidos ao Brasil.

– Indiscutível interação de negócios reais e religiosos, onde clérigos são funcionários do Império para evangelizar escravos e principalmente os indígenas.

As atribuições do Padroado são resolvidas e administradas em duas instâncias: uma, pela Mesa de Consciência e Ordens, que foi criada pelo monarca D. João II, em 1532, para julgar assuntos atinentes à religiosidade. Outra, pelo Conselho Ultramarino que é encarregada pela gestão civil e das coisas do comércio.

O grego Pitágoras já nos ensinava, antes da criação da Igreja:

"*O começo da Sabedoria é o silêncio.*"

– Jesuíno de Monte Carmelo, como o chamam, meu comedido companheiro, sabemos que é neto e filho de uma escrava. Você é um mulato, um padre negroide, razão pela qual já foi, por inúmeras vezes, requerido à Santa Sé a concessão de um breve liberatório de sua condição de *ex defectu natalium*, ou seja portador de defeito de nascimento.

– Por ser afrodescendente você é um defeituoso de nascimento!

– E você, Diogo, por ser filho de um padre, é o quê?

– Quando afirmo que abaixo do Equador, Diogo, tudo é permissível, infrene, acham que eu exagero em minhas ideações.

– Enquanto não chega o seu breve, veja este registro publicado há meio século, atrás, meu caro Jesuíno, tratando desta mesma sua condição de ser negro, de ser filho de pretos, embora livre.

A Igreja tem restrições à liberação da escravatura!

– Jesuíno, sem dúvida a escravidão negra é o maior crime que se comete no mundo, neste milênio.

– Como se explica que este abominável delito aconteça impunemente, com louváveis e corajosas manifestações clericais e laicas contrárias? Como é possível que colonizadores e Alto Clero, ungidos pelo Padroado, convivam com tal impunidade?

– Como se tolera, lastima Jesuíno, com este monstruoso crime.

– Acredito que a sacralização do poder político e econômico, via Padroado, ou seja, a conivência malévola desta união, a causadora desta ignomínia.

– O padre Manoel Jesus Maria, filho de Maria, nacional de Angola, tinha defeito – *ex defectu natalium* –, mas recebeu o Benefício de Cura para enfrentar os índios nos sertões do Rio da Pomba.

O Doutor Ignacio Correa de Sá, Conego Doutoral na Cathedral de Marianna, Comissario do Santo Officio e da Bula da Santa Cruzada, Prothonatório Apostólico de Sua Santidade Examinador Synodál, e Juis das justeficações de genere, Vigario Capitulár deste Bispado, pello Illustrissimo e Reverendissimo Cabbido Sede Vacante etc Atesto, que havendo de Se Creár huma nova freguezia nos Certoens do Ryo da Pomba, e Peixe para reduzir ao grémio da Igreja Os indios brabos daquelles Certoens, à Satisfação do Illustrissimo, e Excelentissimo Senhor General desta Capppitania foi promovido pelo Illustrissimo Cabido o Padre Manoel de Jesus Maria, Presbitero do habito de São Pedro natural da freguezia de Santo Antonio da Caza Branca, deste Bispado, e filho natural de João Antunes, homem branco, e de Maria , nacional de Angola, na ocupação de primeiro Vigario Encomendado, para hir Crear aquella nova freguezia, Com a invocação do Martir de S. Manoel; por ser o dito Padre de Exemplár vida, e Costumes, se sugeitou Côm prompta vontade, a reução daquelles Indios, e Com effeito hido para aquelles dictos Certons, me Consta Certamente, que todo Se applica, Com incansavel zello, fervor e paternal Amôr, girando A pé por mattos incultos, para hir a várias Aldeas dos ditos Indios, e dormindo muitas vezes, Esposto Ao tempo, por a sim o pedir a ocazião, passando necessidades, pela Esterilidáde do Lugar, tudo Sofre Com bom A mim o ditto Padre, arriscando Sem receyo a Sua Vida, á discrição das Féras e dos mesmos Indios bravos por Serviço de Deos, e de sua Magestadade Fidelissima,

e tão bem Se acha O referido Padre dispençado na irregularidáde ex defectu natalium, para Ter, e obter Beneficio de Cura de almas; e por me Ser pedido A presente Amandei passár, por mim aSignado, e Sellado Com o Sello das Armas da Meza Capitular aos Vinte, outto de Fevereiro de mil settecentos e sessenta e outto.
Ignacio Correa de Saá."

– Jesuíno, o problema racial tem origem na Igreja com Valentiano III, depois enunciado pelo concílio tridentino, que vedava a ordenação de escravos, que não fossem alforriados.

– Leve-se em conta que até 1676, o único bispo brasileiro era o da Bahia, onde os subdiáconos levavam até 18 anos para serem ordenados em razão das dificuldades das distâncias.

– Assim, Jesuíno, os negros e mulatos que desejassem ordenar-se tinham duas alternativas: ir para a África ou procurar um bispado sul-americano.

– Se eram filhos ilegítimos a solução era pedir dispensa a Roma.

– Em seu caso, Diogo, o poder dos Camargo contornou a dificuldade... sorriu Jesuíno, de forma sarcástica.

É notório que os jesuítas obstaculizavam as vocações do clero africano, ou seja, dos negros.

– O Brasil ainda resiste em libertar os escravos, Jesuíno, verdadeira vergonha nacional. As nações latino-americanas promoveram o fim do comércio negreiro e declararam os negros libertos.

– Nossa terra, pelo visto, deverá ser a última a libertar a escravaria.

Vou enumerar os países: Argentina /1816, Bolívia /1825, Chile /1818, Colômbia /1819, Equador /1822, Haiti / 1804, México /1821, Panamá /1830, Paraguai /1811, Peru /1821.

– Diogo, há uma infinidade de clérigos maçons, tais como O Conde de Irajá, Bispo do Rio de Janeiro; Dom José Joaquim de Azeredo Coutinho, famoso Bispo de Olinda; Cônego Januário; Frei Caneca; Frei Sampaio; Frei Montalverne; – grupo que constitui a elite pensante no Brasil, com a visão procedimental focada na independência e na libertação escravagista. Extraordinários patriotas! Habilíssimos políticos cujos ideais se ajustam aos ideais políticos da Ordem Real.

Muitos movimentos são dimensionados sob o título de revolução dos padres e não dos maçons.

– Lá em Pernambuco muitas lojas maçônicas foram fundadas por padres/maçons, entre elas a Academia Aerópago, que foi constituída pelo carmelita Arruda Câmara, fato que já afirmara anteriormente a você.

– Jesuíno, um fato que deve merecer análise mais aprofundada é que com a saída do Bispo de Olinda e Recife – Dom José Joaquim de Azeredo Coutinho e a chegada, trinta anos depois, com a presença de outro, Bispo Dom João Perdigão – a diocese esteve sem comando efetivo, acéfala, sem o mando imprescindível à gestão eclesiástica. Em Olinda, Província de Pernambuco, foi criado o primeiro curso jurídico do país. O artífice maior deste projeto pioneiro foi o Bispo Azeredo Coutinho, que conseguiu reunir as maiores cabeças pensantes da época, verdadeiro celeiro de clérigos pensadores, estudiosos, formadores de uma elite, influenciada pelos ensinamentos e ideias libertárias.

– Esta diocese, Jesuíno, que imantava o nordeste, sobretudo pela importância econômica, em razão da acefalia por quase três décadas, criou um vazio mandamental, instaurando-se um processo de excessivas liberalidades clericais, que redundaram em relações espúrias de padres amancebados, em detrimento da ordem vaticana.

O 13° Bispo de Olinda, D. Frei José da Santa Escolástica, não chegou à terra; D.Frei José Maria de Araújo, faleceu logo; Bispo Dom Frei Antônio de São José Bastos, nunca veio; Bispo Dom Frei Gregório José Veigas, morreu antes de sua assunção ao bispado; Bispo Dom Tomas de Noronha.

- Meu caro Diogo! Entendo que o homem tem a dimensão de seu pensamento!

Estamos em pleno século XIX e o homem continua a afirmar que tem uma alma e na conformidade das variações de seus entendimentos grupais e religiosos, cada um de per si, crê que o seu deus é o único e o verdadeiro.

– Ainda –, completou Jesuíno –, a história da civilização humana é um espelho multifacetado que projeta os povos em permanente luta, em busca do poder e das posses. Os períodos entre as guerras, banhos de sangue, denominam-se paz.

– Não existe a paz, conjectura Jesuíno! A Paz não é da Terra. Desta forma, o homem na sua caminhada terráquea, durante os descansos das guerras, tem procurado encontrar razões para a sua existência, defendendo a titularidade de uma alma. Tenho a visão de que, egocentricamente, estamos a inverter a realidade esotérica da verdade!

O homem não tem uma alma! Ao contrário, a alma é que possui um corpo físico por um lapso de tempo!

– As almas são imortais, Diogo, e não fenecem com o declínio corporal, cujo corpo volta à terra, como pó, de onde veio, simbolicamente.

– Vivemos, amigo, numa atmosfera que gravita numa faixa vibracional onde os nossos cinco sentidos, a Audição, a Visão, a Gustação, o Olfato e o Tato, criam os limites da percepção humana.

Todavia, o universo tem muitos mundos e círculos que extrapolam a ideação do atual nível da cerebração humana.

– Você, agora, Diogo, entenderá por que a Maçonaria constitui um extraordinário repositório das experiências humanas através dos tempos, protegendo o conhecimento dos homens e suas experimentações esotéricas e exotéricas sob o véu espesso do simbolismo.

Os símbolos possibilitam resguardar, sob a égide do segredo, o sincretismo que consiste na combinação dos princípios de diversos sistemas.

A Maçonaria é um escrínio que guarda joias; um cadinho onde são amalgamadas as matérias heterogêneas do pensamento humano, eliminando as nuances de religiosidades de cada um de nós, independentemente de coloração racial e política.

É a milenar Escola dos Mistérios!

CULTO À FUTURIDADE

Argumentar com uma pessoa que renunciou
ao uso da razão é como dar remédio a um morto.
Thomas Paine

– Padre João Gonçalves de Lisboa, seu padrinho de crisma, Diogo, chegou e quer revê-lo – anunciou Agostinho, o sacristão.

– Meu padrinho, meu santo padrinho, que bom vê-lo em Itu, novamente.

Ajoelha-se e beija-lhe as mãos em sinal de regozijo.

João Gonçalves levanta-o, abraça-o, quase de forma filial. Sacerdote virtuoso e homem extraordinariamente ilustrado, colado no cabido de Parnaíba, abraça Diogo com os olhos marejados de lágrimas.

Um silêncio se faz.

Amplexo alongado, fraterno, cheio de emoção.

Diogo, ao fitar seu padrinho de crisma, viu seus olhos lacrimejados.

– Padrinho! É verdade que sou filho do cônego, seu irmão, Manoel da Cruz de Lima? Há rumores que sou filho do padre Félix Antônio Feijó!

– É uma dúvida que assoma meu espírito inquieto.

– Filho! – olhando para Diogo com olhar de piedade.

– Guarde em seu coração um valor maior, sempre. Nós somos todos filhos de Deus!

– Filhos do Criador, que nos guarda, protege e nos ensina o amor ao próximo, que rompe os grilhões de nossas inquietudes terrestres.

– Deus é Pai!

– Vim abraça-lo, Diogo, renovando meu amor por você!

– Como sou seu padrinho de crisma, quero destinar-lhe ensinamentos sócio-políticos que venho absorvendo em minha vida laica. Desejo, semestralmente, conversar consigo, trocar reflexões, confidenciar-lhe os ínvios caminhos da política.

– Recentemente, assumi condição proeminente junto ao Governo Imperial e quero fazê-lo um profundo conhecedor da atividade e da futuridade política deste Reino.

– Estou a convidar-lhe para o exercício dialético semanal e quando possível diário, enfrentando os grandes desafios desta nação em formação.

– Vamos navegar, filho, pelos meandros do império, da república, das rebeliões ora em plena efervescência, da libertação dos escravos e sua substituição pela imigração e sua colonização agrária, regulamentação do ensino primário, reorganização dos serviços alfandegários, seleção rígida de pessoas para integrar o Estado Eclesiástico, elevando o nível moral do Clero. Vamos discutir como fixar os limites deste continente, como garantir a administração deste lapso que intermedeia o período da maioridade de Pedro II.

– Como enfrentar as Cortes de Lisboa?

– Meu padrinho, bem sabe que sou ferrenho defensor do casamento dos padres, anticelibatário por vocação!

– Sim, sei! Mas pondero que esta questão esteja à margem deste projeto nacional. Devemos focar nossas energias em Lisboa e Brasil.

– Este posicionamento vaticano merece outro ângulo de exame, que está assestado de forma pouco viável, embora possa trazer à baila a Constituição Civil do Clero na França.

– Nada impede que troquemos opiniões, mesmo antagônicas a respeito do assunto, mas não queira fazer destas tratativas um cavalo de pau.

– Sei, Diogo, que de forma quase anônima estás a redigir um verdadeiro manual: *O Guia das Camaras Municipaes do Brazil no Dezempenho de seus Deveres.*

– Esta é, penso eu, uma abordagem grandiosa, com dimensão brasileira, atingindo-se as entranhas políticas da nação, ou seja, o cerne da estrutura organizacional – os municípios.

A autonomia das províncias, a centralização do poder, a reestruturação das Forças Armadas. A repressão ao tráfico dos escravos.

– Diogo, vou convidar o padre Miguel Arcanjo Ribeiro de Camargo para comandar a publicação de um jornal, a que ele quer dar o nome de *O Justiceiro.* Será fundamental na veiculação e na difusão dessas ideias.

– Diogo, o poder da Imprensa é algo ciclópico, devastador, quer seja ela livre ou manietada pelo poder central.

– Amarras contra o culto da Imprensa livre não perduram no tempo. São frágeis, débeis, passageiras e desfazem-se quando os ventos da verdade sopram.

– A liberdade prepondera acima de todas as coisas, mesmo que tardia, como os inconfidentes puseram em sua bandeira branca da paz – *libertas quae sera tamen.*

Buscaram a frase num poema pastoral de Virgílio, numa écloga, adequando-a ao original:

"Libertas quae sera tamen, respext inertem".

– Observe, Diogo, que em todos os ramos das ciências, do conhecimento humano, o homem deve promover o enfrentamento dos obstáculos com visão programática.

Diogo arregalou os olhos e disse-lhe:

– Como assim, meu padrinho?

– Veja, meu filho.

O ser humano em sua trajetória de vida, por intermédio das ideias e instituições, constrói projetos e procura desenvolvê-los.

– É a transmutação do sonho para a realidade.

– É a concretização das visões do amanhã para a realização do hoje.

O homem – ser pensante –, deve estar sempre construindo castelos, edificando vivendas para que os duendes do seu imaginário possam habitar.

Entretanto, entre a infinitude do pensamento, da ideação, e os patamares da concretude, vagamos por imensas planícies à busca dos oásis das possibilidades. São elas, as possibilidades, que devemos examinar sob a ótica da capacitação de suas realizações.

– Este exame permanente, diário, diuturno, irá nos mostrar os rumos que poderemos tomar, avançando, daqui para ali, os nossos projetos, medindo sucessos e os inevitáveis insucessos, ocasionados por falhas de análise.

– Mas, meu padrinho, os insucessos devemos imputar a quem? Às nossas falhas analíticas ou à irrealidade de nossos projetos?

– Não, Diogo!

– O estudo da futuridade percorre os meandros da sociologia, do estudo das sociedades, do conjunto de seus projetos com os projetos dos outros, muitas das vezes diametralmente opostos à sua visão, confrontos que vão interagir ou não, gerando reações que se desencadeiam como erupções procedimentais, que devem ser amainadas ou canalizadas.

– Costumo dizer que viver é criar, sempre!

– Muitas de nossas maquinações, por falta de adequadas análises, soçobram nas profundezas dos oceanos de nossa inventividade. Temos que estar vigilantes para não bater nos abrolhos da vida, que existem quase submersos, ora visíveis e muitas das vezes invisíveis, embora não alcançados por desídia sensitiva.

– Diogo, somos verdadeiros pilotos das embarcações de nossos sonhos!

– Os naufrágios são realidades plausíveis no contexto desta navegação metafísica. Há que serem evitados! Nossas bússolas mostram-nos o rumo, o azimute, a direção das rotas convencionais, mas não nos exibem os percalços, os recifes, que devem ser evitáveis.

– Desta forma, Diogo, o ser humano deve reger-se pela agulha magnética de suas percepções, mas desviar-se das dificuldades procedimentais com antecipação, com previsibilidade, a fim de que possa contorna-los, passando ao largo. Não adianta buscar oráculos ou fórmulas divinatórias, examinar presságios, palavrórios enigmáticos, que devem pairar no estrito mundo das profecias, mesmo que sejam messiânicas.

– Fique atento para isto, Diogo – argumentou padre João, de forma enfática.

A perfectibilidade da programação das ideias está na análise dialética, ou seja, na confrontação de suas com as minhas, submetendo-as ao crivo da futuridade e da possibilidade.

– Puxa, meu padrinho, eu jamais pensaria que fosse um visionário sentado na calçada da vida! Pé no chão!

Os dois riram da imagem surrealista!

–A razão de querer conviver consigo e suas ideias, Diogo, é a transmissão de experiências, além do amor fraternal que nutro por você, meu afilhado!

Diogo tem os olhos lacrimejados sob forte emoção. Afinal, a vibração da fraternidade é inequívoca e presente, gerando um sentimento de invulgar astralidade.

Um dos assuntos, entre muitos, que desejo abordar é o advento da república – formatação política/vivencial, que impregnará as sociedades de forma avassaladora sob a égide da *res publica*, da coisa pública, multifária. O advento da forma republicana, propugnada pela Revolução Francesa, para administrar os povos é uma realidade incontrastável e deverá o Brasil deixar a conformação monárquica em direção a esta nova rosa dos ventos!

– É questão de tempo. O Tempo é o senhor das ações!

– Os componentes desta transmutação, Diogo, são as variáveis dos posicionamentos das falanges que gravitam em torno do Poder!

O Poder e a mulher são as forças inefáveis que constroem e descontroem os mundos! Nesta ambivalência, muitas das vezes se confundem estas componentes, mas estão sempre interligadas, unidas, inseparáveis. É uma liga indissolúvel, que se altera com a maior ou menor intensidade na composição de suas valorizações.

– Vou descer ao mundo telúrico, terráqueo, em minhas afirmações, Diogo, e mostrar-lhe que D. Pedro I – o Poder, ora flutua docemente no regaço da amante Domitila, no aconchego de outras fêmeas que alegram seu libido; ora, na coerção da familiaridade da Imperatriz e seus rebentos, sob a égide do regramento vivencial.

– Enfim, é o Poder e o ser mulher, interagindo nos decisórios mandamentais.

A monarquia elitista deverá render-se ao clamor popular com a constituição do estado republicano.

– São novos tempos, Diogo! Prepare-se e conduza seus ideários com esta sentinela, procurando guiar-se com moderação, porque este será o resultado inevitável.

As rebeliões, as insurreições, as insatisfações, as reclamações que brotam nos mais recônditos recantos do país são pontas de icebergs que afloram. São imensos bolsões da insatisfação popular que emergem das profundezas dos séculos, da exploração do homem pelo homem.

A escravatura africana, sem dúvida, constitui a mais ignóbil ofensa ao ser humano, retirando–lhe a liberdade, sob o olhar complacente da Igreja e da Monarquia, que servem às elites econômicas, voltadas à lucratividade insana e desmesurada do Poder, do vil metal.

O Brasil atrelado aos senhores da mineração, das charqueadas do sul, do mundo do café, do universo da bovinocultura à larga, da extração florestal, sob a chibata gritante da cobrança de impostos escorchantes, sofre, grita, clama por Justiça dos homens e de Deus.

É a miséria institucional voltada para servir às elites que não trabalham, vivendo às expensas do Erário Real, verdadeiras sanguessugas, parasitas imprestáveis, entidades deletérias e amorfas.

O escravismo vicejante é cruel, sendo que o Brasil deverá ser a última nação a libertar seus africanos.

– Temos a obrigação moral, ética, Diogo, de libertar os escravos em detrimento dos interesses dos senhores de engenho e de atividades afins.

– Diogo, meu estimado afilhado, noutra convergência procedimental, temos que lutar pela implantação e regulamentação do ensino primário, preparando-se a base educacional para elevação da sociedade.

– Diogo, não se constrói uma nação somente com recursos. O crescimento de um país se valora e se desenvolve pela sua cultura e pelo ensino, proporcionalmente.

Indispensável, concomitantemente, é a seleção rígida de pessoas para integrarem o Estado Eclesiástico, elevando o nível moral do Clero.

O Padroado, visceralmente contrário ao Estado Laico, verticaliza suas áreas de imantação para o Poder Real e a unicidade religiosa, guindada como pretensa exclusividade do pensamento humano.

– Sou um padre que pensa, que estuda, que promove reflexão dos mais variados temas, sempre preocupado com a futuridade dos gentios.

– Permita-me interrompê-lo, meu padrinho, para registrar que escrevi um livro intitulado *Demonstração da Abolição do Celibato Clerical*. Não é um livro antirreligioso.

– Sim, eu sei e já o li, Diogo, bem como acompanho o seu enfrentamento com o reverendíssimo padre ultramontano Luiz Gonçalves dos Santos, mais conhecido como Padre Perereca.

– É meu ferrenho e gratuito adversário – um papista retrógrado, enfatizou Diogo.

– Como membro da Comissão Eclesiástica da Câmara dos Deputados tenho retrucado suas parvoíces, mantendo acirrada polêmica de natureza anticelibatária.

– Tenho muita pena dele, em verdade. Trata-se de pessoa doentia.

– Diogo, meu afilhado! Outra vertente que considero oportuna que abraces em sua vida laica é o trazimento de colonos de origem irlandesa, italiana, austríaca, afeitos à vida agrária em substituição aos pretos escravizados. Com esta imigração europeia canalizada na falange saxã ou anglo-saxã como querem alguns, teremos uma miscigenação racial com vértice ariano, já dedicada ao mundo rural com experiências antecedentes, que inúmeras vantagens nos proporcionarão.

– Além mais, Diogo, faremos um balanceamento populacional com a exclusão dos lusitanos e espanhóis, gente da Península Ibérica, cujos contingentes aqui residentes continuam sonhando com o retorno da hegemonia colonialista.

Os portugueses estiveram submetidos durante 800 anos ao Islã, ao mundo muçulmano, no Oriente. Guardam um ranço atávico aos hereges, aos ditos ímpios, na configuração vaticana da eliminação religiosa que se lhe opõe, contrária aos seus ditames.

– Veja, Diogo, que D. Pedro I preocupado com o revanchismo português, contratou o major Johann Anton von Schaeffer e seu bergantim Caroline para trazer levas de tedescos, a título de colonização agrária e ingresso nas colunas da Segurança Pública.

– Tenho a visão de futuridade – enfatizou padre Lisboa –, que formaremos uma nação multirracial, amoldada à pluralidade de pensamento religioso, de natureza dócil e dialética com conotações de raízes africanas, com suas religiosidades, seus orixás, seus babalaôs, suas crenças, ora metamorfoseadas com divindades católicas.

Antevejo um equilíbrio de costumes, de entendimentos das religiões, da construção social de um povo único no mundo, voltado para a paz vivencial.

– Diogo, não veja estas minhas afirmações como processo adivinhatório, como fosse um orago a antever sortilégios.

As minhas reflexões sociológicas me indicam estas análises futurísticas, estas possibilidades.

Nada resiste ao Tempo!

Entretanto visualizo destas prospecções ideárias, que a base, o fundamento, o alicerce, as fundações da construção de uma nação principia com o ensino primário de qualidade.

A educação elementar, laica ou não, desde que existente, edifica o arcabouço nacional, distribuindo, às mãos-cheias, a cultura, o ensino indispensável ao crescimento intelectivo e formador de um povo e sua nação!

Hoje, temos uma base majoritária analfabeta em contraposição a uma elite formada nos seminários e estabelecimentos de ensino europeu, especialmente em Lisboa, Coimbra e Montpellier, na França.

Afora isto, Diogo, vamos encontrar educandários com dedicados mestres-escola no exercício do sacerdócio do ensino, de forma incipiente, quase artesanal... Algo sacrossanto!

São poucos, pouquíssimos é bem verdade, mas são focos de luz interior a espargir conhecimento ao nosso pobre povo.

– Não posso deixar de trazer à baila as figuras exponenciais dedicadas ao ensino no Brasil que são os padres José de Anchieta e Manoel da Nóbrega, secundados pelo valoroso, polêmico e corajoso Antônio Vieira, todos jesuítas, acrescentou João Gonçalves de Lisboa, padrinho de Diogo. Antônio Vieira, escritor, notável orador sacro, filho de ascendentes africanos, chegou ao Brasil com seis anos de idade, ingressando no noviciado da Companhia de Jesus, em 5 de maio de 1626, defendendo os negros, os indígenas e os cristãos-novos. Ícones do ensino!

A ARTE

A liberdade guia o povo.

Eugène Delacroix

Gostinho, vá rápido, menino. Suba as escadas e andaimes e diga ao padre Jesuíno, que está a pintar o teto da igreja, que temos visitas importantes. Que desça, enquanto os recebo aqui embaixo. Se perguntar quem são, fale que são uns franceses de nomes complicados, que ele vai entender. Está bem, padre.

– Sim senhor, padre!

O coroinha sobe e desce aquele emaranhado de andaimes, tabuados, escadarias balouçantes sob as amarras da cordoalha de agave, mais parecendo uma torre de Babel ao vento.

A nave da igreja e esta parafernália de suportes, criados pela engenharia do improviso, procuram aproximar das mãos de Jesuíno e de seus pincéis mágicos a imensa tela da abóbada.

Pintar na horizontal, de barriga para cima. Pintar os olhos dos anjos, retocar as pálpebras, dar cor à íris, dar-lhes o mundo da visão. Criaturas angelicais que começam a olhá-lo com olhos de estupefação. Algo inimaginável. Pura incredulidade. Magia do pensamento, ato de criação!

– Creio, padre Delacroix e senhor Saint-Hilaire que o pintor deve conversar com as figuras que vai criando.

– É algo bizarro!

Devem ser diálogos os mais inverossímeis. Um querubim que acaba de nascer ao olhar para o padre Jesuíno, deve inquiri-lo: os meus primos, anjos e arcanjos são todos loiros e de olhos azuis e eu sou mulato como você?

Por quê? – pintor, meu pai.

Imagino, meus amigos franceses, que Jesuíno deve dizer:

"Fiquem quietos, meninos, todos vocês, anjinhos, arcanjinhos, porque não terminei a obra."

– Continuarei a colocar seus rostos entre as nuvens, com suas asas; uns negros, outros brancos, como são na Natureza. Ninguém branqueia ao chegar aos céus!

– Aqui na abóbada da igreja quem manda sou eu!

– Eu é que escolho os anjos, arcanjos e querubins que desejo! Aqui eu sou Deus! Entenderam meninos?

Diogo ia devagar, explicando aos franceses, metaforicamente, o reino da criação pictórica, enquanto Jesuíno, acompanhado do ágil coroinha, chegava à base dos andaimes.

– *Messieurs Saint-Hilaire e Delacroix! – je vous presente frère Jesuíno.*

– *Bonjour a tous*, respondeu o padre pintor, em francês reticente.

– *Je ne parle français pas!* – balbuciou Jesuíno.

– *C'est bien!* – adiantou–se Diogo, passando a comandar a conversação.

-O senhor Delacroix estava a ler a faixa com dizeres em latim, que você pintou esta semana.

– Achou que ficou divina!

A propósito, Diogo, qualquer hora suba nos andaimes e confira lá no teto as palavras latinas que você me orientou. É sempre bom examinar.

Explique aos nossos visitantes que coloquei três anjos, um branco e dois mulatos, a segurar a faixa, senão ela cairia.

– Tenho que dar serviço a estes anjos peraltas durante a pintura.

Diogo traduziu aos franceses, que riram muito.

É muita imaginação.

É algo surrealista!

Delacroix, citando o texto latino *TU ES MATER SPES ET DECOR CARMELITARUM* (Tu és Mãe, Esperança e Graça dos Carmelitas), adiantou ao grupo que *SPES* era uma divindade que os romanos consideravam a irmã do SONO, denominada Esperança.

Delacroix, que era um estudioso da mitologia grega, olhando para Diego, continuava a descrever, de forma minuciosa, que as Artes tinham suas musas, nominadas de Musas das Artes, no Olimpo, invocadas pelos artistas de todos os gêneros da criação artística.

– Diz o padre francês, então, que Urano, ou seja, o Céu, uniu-se a Gaia, a Terra, nascendo uma das criaturas mais belas – Menmósine, a Memória. A memória se constitui no universo mitológico uma das mais extraordinárias configurações celestiais, tanto é que Zeus, todo poderoso – Pai dos Deuses e dos Homens –, durante nove noites seguidas, manteve relações com a bela Menmósine, gerando nove filhas.

Euterpe, bela voz, maviosa, musa da música, das flautas, doadora dos prazeres.

Polímnia – musa dos hinários, da música sacra.

Ératos – amável, musa da poesia lírica.

Melpômene – musa da tragédia, representada por uma clava, do universo criativo de Sófocles.

Tália – musa do mundo da comédia.

Clio – musa da história, do mundo do Tempo Universal.

Calíope – musa que dimensiona a epopeia, o mundo épico.

Terpsicore – a musa que rodopia. Representa a dança, o movimento.

Urânia– é a musa celestial, que rege os universos astrológicos e astronômicos.

O Templo das Musas, o *Museion*, gerou em nossos tempos a existência dos museus, onde são guardados os objetos históricos, artísticos e da rama das ciências.

A oralidade olímpica nos chegou pelos registros de Hesíodo, poeta helênico, que num poema mitológico narra o mito cosmogônico, a genealogia dos deuses, a origem do cosmo, do mundo, em seu nascedouro.

O envolvimento das sucessivas levas de deuses com os homens geraram os heróis, os semi deuses.

A Teogonia, esse poema de Hesíodo, descreve as ideias gregas a respeito da criação do universo.

Senhores, enfatizou Delacroix, com ar senhorial, a História nasce da memória e da relação entre o poder e a vontade de narrar um fato, os feitos. Ela exsurge da necessidade de registrar o notável, de estabelecer a recordação de acontecimentos metafísicos e telúricos que marcam as civilizações. O domínio da memória é algo fundamental. Está associado ao Estado e ao Poder.

– Ouso afirmar, senhores, enunciou Delacroix com voz rouquenha:

"*Nós somos produtos da memória*".

Diogo escutava Delacroix com a máxima atenção, indagando-se por que Jesuíno em seu universo pictórico não poderia pintar as musas com as belezas que ornavam as deusas, as musas das Artes.

– É, resmungou consigo mesmo. Será que o pintor mulato afrontaria o Bispo da Diocese, retratando no interior da igreja as musas que não habitavam a Bíblia, inexistentes no Velho e Novo Testamentos?

– É, pensou! Deixe ficar como está com os anjos negros...

– Padre Delacroix, um pintor está se revelando em França, atualmente, a constituir-se numa promessa da pintura mundial, que é Eugène Delacroix.

– É seu parente?

– Sim, é primo.

– Somos ambos nascidos em Charenton-Saint Maurice, onde passamos nossas infâncias, afirmou o francês.

– Eugène iniciou sua aprendizagem pictórica a copiar Rubens e Rafael, seus mestres de inspiração.

– Daí, suas telas serem iluminadas, multicolores, majestosas, impregnadas de luz irradiante. Interessante que desde jovem foi um predestinado, ungido pela Corte, mesmo após sua orfandade, sendo público que é filho bastardo do poderoso diplomata Talleyrand...

– Imagine, padre Diogo, que Talleyrand é atualmente o Primeiro-Ministro da França.

Ex-seminarista, detentor das ordens menores, foi expulso por não obedecer às regras do celibato.

Nomeado abade de Saint Denis e depois Bispo de Autun pelo Rei, foi excomungado pelo Papa. Em represália, está a reorganizar a Igreja francesa a serviço do Estado, estabelecendo uma constituição civil clerical, apoiando a nacionalização dos bens eclesiais.

– Jesuíno, de olhos atentos, ouvia tudo e tentava entender alguma coisa.

– *C'est bien, mes amis*! – interrompeu Diogo.

– Sim, senhor Saint-Hilaire, diga.

– Gostaria, padre Diogo, de observar as pinturas que estão sendo realizadas na abóbada, mais de perto.

Sem dúvida!

– Jesuíno, os franceses querem subir os andaimes para apreciar de perto as pinturas. Você permanece, enquanto subo, cuidadosamente, com o coroinha e os dois franceses.

– Muito bem! Vou mandar preparar a mesa do café.

Vagarosamente, retornam dos andaimes, tendo a frente o coroinha que se apressava em noticiar a chegada próxima de Diogo, Saint-Hilaire e Delacroix.

– Alguns minutos mais eles chegarão, padre Jesuíno, afiançou Agostinho, o coroinha.

– Saiba que o francês cabeludo, o tal botânico, quase se despenca lá de cima! Por um triz, não caiu. Era morte certa!

– Agostinho, fique calado. Deixe de mexericos. Vá arrumar a mesa do café.

– Sim senhor! Traga os bules com os chás, então.

– Veja se a jarra de água para lavar as mãos está cheia e se tem toalhas para todos enxaguarem as mãos.

– Examine se a bacia de ágata, aí no tripé, está com o sabonete, embaixo.

Quando eles chegarem esteja a postos para despejar a água servida.

– Sim senhor, padre!

– Fique atento! Sim senhor, padre!

* * *

Sorrindo, sempre, Jesuíno com os braços estendidos saúda os ilustres visitantes.

Diogo, em francês fluente, recepciona-os e passa a noticiar a Jesuíno as impressões dos franceses.

– Delacroix, conhecedor da arte pictórica, ficou impressionado, realmente entusiasmado com a genialidade de seu traço. Sabe que você se constitui num autodidata com a visão de um pintor primitivista. Entretanto, se surpreendeu com sua capacidade arquitetônica e com a existência de rasgos de uma pintura mais técnica.

– Adiantei a Delacroix, Jesuíno, que você foi aluno, aqui em Itu, do artista José Patrocínio da Silva, recebendo dele forte influência do barroco europeu, sem, todavia, alinhar-se.

– Achou que sua pintura é de comovente singeleza, onde os anjos e seus afins são ora negros, ora brancos numa extraordinária legitimidade tupiniquim.

– Diogo, por favor, ajude-me servir aos visitantes os chás disponível-s e café, dando-lhes as broas de milho, recém-saídas do forno.

Coloquei, também, duas cestinhas de vime com biscoito quebrador.

– Espero que apreciem!

– Enquanto isto, diga a Saint-Hilaire que meu professor de Retórica, padre Veloso, renomado botânico brasileiro, poderia receber a visita dele, também.

– Sim, Jesuíno!

– Quando subíamos os andaimes paramos duas vezes para recuperar o fôlego, oportunidade em que lhe relatei acerca da grandeza do padre Veloso.

Afirmou-me, Jesuíno, que ele faz questão de conhece-lo, mantendo intercâmbio.

– E por falar em Saint-Hilaire, quase se despencou lá de cima. Escorregou, resvalando numa tábua.

– Diogo, a notícia já chegou aqui embaixo com muita rapidez...

Agostinho, o coroinha não perde oportunidade para um mexerico, uma futrica.

Diogo sorri!

– Ah! Sim, já ia esquecendo.

– Delacroix me disse, Jesuíno, que um pintor francês está em Santos, chegado ao Brasil para registrar a vida de nosso país e sua exuberante natureza.

– Chama-se Jean Jacques Debret!

Já conversei com Delacroix para que venha visita-lo aqui em Itu, conhecendo seu trabalho que para meu conceito é genial.

Disse-me que Debret estivera de passagem na região, mas fora chamado ao Rio de Janeiro, às pressas.

– Vamos aguardar, então, Diogo.

– Saint-Hilaire está a mostrar-me uma publicação, em alemão, da chegada de dois cientistas bávaros, que chegaram ao Brasil, compondo a Missão Artística Austro-Alemã, trazida pela Princesa Leopoldina.

Vejam, amigos, as gravuras dos mancebos, jovens e brilhantes, Spix e Martius. Tratam-se de renomados cientistas europeus. Um se chama Joahnn Baptist von Spix; o outro, Carl Friedrich Philipp von Martius, ambos pertencentes à Academia Bávara de Ciências, que vem herborizar a flora brasileira, classificando novas espécies e conhecer os meandros da zootecnia.

A Imperatriz trouxe em sua comitiva o que havia de melhor de estudiosos no mundo.

A monografia de von Martius – *Como se deve descrever a história do Brasil* – delineada como modelo filosófico e pragmático da formação de nosso povo, alinhada na conformação da mescla das raças, busca em sua essência dorsal a preocupação de um passado nacional, que se inicia com o raiar da independência. É um trabalho acadêmico de vital importância, demarcatório da historicidade, que engloba narrativas, escritos, atos administrativos, relatos de viajantes e missionários que percorreram o país desde a sua descoberta até os dias atuais, enfatizou Diogo, relembrando que a eugenia era assunto racial.

O CELIBATO

Nada mais me enche de horror do que o espetáculo da vida escandalosa de numerosos padres, dissimulando ou exibindo amantes e filhos.

Bispo D. Romualdo Antônio de Seixas

Diogo, vamos aproveitar esta semana de Páscoa para estudar e refletir acerca do assunto celibato, que tanto angustia a sua alma.

Anteriormente, por várias vezes, mantivemos diálogos a respeito desta norma vaticana, polêmica em sua essência.

– Plenamente de acordo, Jesuíno, porquanto ela é vital e não dogmática.

É assunto que tem merecido em Olinda, por exemplo, quando do Seminário Maior, entre as disciplinas de Filosofia e Teologia, curso sistemático sobre o celibato sacerdotal. Participo do entendimento em que a Santa Sé deveria trilhar caminho em consonância com a Natureza, base da vida, modelo inigualável do ser humano em sociedade.

– Veja, Jesuíno – o celibato não é uma coisa natural, mas sim administrativa!

A Igreja dos primeiros tempos não estabelecia a obrigatoriedade celibatária. Somente por volta de 303 d.C. é que o Concílio de Elvira introduziu na religião católica, exclusivamente na Espanha, esta medida restritiva. No resto do mundo o casamento dos sacerdotes continuou livre, sem restrições.

– E porquê este movimento na Península Ibérica, Diogo? Não se esqueça de que os mouros com seus vizires, califados, sultanatos, emirados, dominaram-na durante 800 anos, implantando a cultura os costumes e, sobretudo, o islamismo. Neste período surgiram teólogos da maior importância, como Santo Agostinho, que pregava a ideia de que a virgindade era superior ao casamento.

– Será que um hímen é mais importante que a inteligência humana?

– Ora, os árabes em sua caminhada milenar, consuetudinária, sempre entenderam e entendem a pluralidade das uniões conjugais, desde que o marido possa sustentar a estrutura familiar.

– A visão teologal dos bispos, em contrapartida, era a de que a força espiritual residia na renúncia aos prazeres da carne.

Veja, uma coisa é uma norma eclesial. Outra coisa é a aplicação desta norma no contexto de uma sociedade que até então se regia pela liberalidade comportamental. A confrontação, evidentemente, desaguaria na implantação e vigência de códigos civis, denominados de filipinos e manuelinos, que tratavam das barregãs, dos filhos dos padres, dos concubinatos, numa verdadeira miscelânea entre as paredes do confessionário e as verdades verdadeiras!

– Somente em 1123, Jesuíno, quando da efetivação do I Concílio de Latrão é que a norma administrativa vaticana procurou coibir os excessos das convivências do clericalismo, fixando vedações às relações ditas espúrias. A norma foi estabelecida como um símbolo de superioridade espiritual dos clérigos sobre os leigos.

– É indiscutível que o tempo, como senhor das ações, como costumo dizer, vai modificando costumes, embora o processo de adequação não seja imediato.

– Muitos padres, Jesuíno, continuaram com suas proles, suas famílias, suas barreguices, convivendo maritalmente.

Mais adiante, o Concílio de Trento, que durou 18 anos e deixou um volume extraordinário de novas restrições e punições, validou, mais uma vez, a regra fundamental da proibição do casamento e concubinato para Europa, América e alhures.

Vivia-se, aquela época, uma posição vaticana de contra Reforma, de reorganização interna, de moralidade, face à avassaladora realidade da Reforma, propugnada por descontentes com o descalabro da Igreja, onde pontificava a venda e o comércio de benesses aos céus, ditas indulgências. Dissidentes e inconformados com a situação vaticana, ditos luteranos, orientados pelo monge Martinho Lutero e seguidos por figuras respeitáveis como João Calvino, Ulrico Zwinglio, Guilherme Farel, João Wycliffe, John Huss e outros, romperam com a situação reinante, forçando a realização ultramontana do Concílio de Trento, no norte da Itália. Era a Contra Reforma!

– Tenho lido muito e refletido sem emoções acerca da conveniência do celibato!

– Diogo, preste bem atenção no que vou lhe dizer.

– O celibato clerical é uma norma vaticana estabelecida para todo aquele que pretender seguir a vida religiosa católica. Se o seminarista entender de forma diversa, não deve seguir este caminho, não deve ajoelhar-se e jurar os votos sacerdotais.

– A Igreja não obriga seus fieis a serem celibatários!

Entretanto, se o seminarista opta pela vida clerical ele deve obedecer as normas vaticanas.

A Igreja não engana ninguém!

É um posicionamento transparente, válido, religioso.

– Você, Diogo, ferrenho anticelibatário, contrário ao instituto vigente, não deverias ter aceitado e jurado o presbitério... Como laico nada impediria que relutasse e defendesse seus pontos de vista, que devem ser respeitados, como livre pensador.

Ao contrário, você ingressou na ordem para mostrar-se desconfortável.

Não é um pensar cartesiano! Eu mesmo, depois de casado por tantos anos e viúvo, com filhos, alguns deles padres, também, optei pelo celibato e pelo ingresso na vida religiosa, como forma de vida elegida como transcendente.

Eu sou celibatário convicto e não fujo dos deveres.

Honro-os, aduz Jesuíno.

Não transgrido o universo da castidade e não pactuo com a libertinagem e concubinato de uma falange de párocos, que acendem velas a Deus e a Mamon!

– Espere um pouco, Jesuíno, eu também observo as regras de castidade, como você. Dignifico os votos do Seminário Maior, da investidura, dos juramentos prestados, da clerocracia vigente, mas o meu direito de pensar, de exercitar a liberdade do livre pensamento está acima de qualquer regramento. A minha posição e o meu raciocínio não são contra o padre casar-se. O padre não deve, depois de aceitar a simbólica tonsura, contrair um relacionamento sexual, manter-se em concubinato como é moda no Brasil.

– Nós temos um pacto com Deus no fundo de nossos corações!

– Sou a favor, Jesuíno, isto sim, que a Igreja elimine o celibato como norma administrativa, permitindo que os sacerdotes tenham suas famílias, como acontece no mundo inteiro com outras religiões e inclusive em ramificação ortodoxa da própria religião católica. Há uma perda incrível de pessoas que poderiam prestar inestimáveis labores na seara espiritual. Quanta gente vocacionada para o universo da religiosidade que declina da vontade de servir a Cristo.

– Atente para o início da religião! O Nazareno, até os seus trinta anos foi uma figura desconhecida na Terra, embora as conjecturas e elucubrações sejam infindáveis, conhecendo-se seus últimos três anos de vida, quando foi crucifixado no Gólgota. Reunidos os apóstolos, seguidores de seus ensinamentos, todos casados, exceptuando-se João, Cristo elegeu Simão, como primaz, dando-lhe o nome de Khefa (Cefas), ou seja pedra em aramaico, que foi latinizado para Petrus, Pedro, que era casado e foi ungido como Primeiro Papa da Igreja.

São Paulo já recomendava a fidelidade matrimonial aos seus bispos, aliás.

– O celibato – *caelibatus* configura a situação de alguém não estar casado. Por sua vez, *conjugalis* – conjugal, tem sua origem latina de com jugo, espécie de forca que os romanos faziam usar os inimigos vencidos, numa demonstração de supremacia.

– Não há unidade na Igreja, embora se auto intitule, se apresente, como Católica, Apostólica, Romana, com caráter universal, quando não é, Jesuíno.

– Em 1504, se consumou o Cisma entre a Igreja Romana e a Bizantina, passando os adeptos de Bizâncio, antiga Constantinopla, a submeter-se ao mando clerical de um Patriarca, quando o Império Romano se bipartiu, entre Oriente e Ocidente. A falange romana, próxima do poder de Roma, passou a falar latim. A falange bizantina permaneceu com suas origens, falando grego, sob o comando de seu papa, chamado de Patriarca. Foram denominados de ortodoxos, que significa – corretos na fé.

– Até hoje, Jesuíno, em 1820, a separação é irreconciliável, constituindo-se a universalidade da religião, uma falácia pregada por Roma. Muito se tem feito para uma reunião, mas os interesses clericais e as diferenças dos ritos tridentinos e bizantinos, além dos aspectos do celibato, mantém a divisão.

O celibato não é fundamental, não é essencial ao sacerdócio; não foi uma lei promulgada por Deus, de natureza espiritual.

– Que não é uma norma divina, você tem razão Diogo.

Basta relembrar, Jesuíno, a figura do padre Erasmo de Roterdã, filho do clérigo Roger Gerard e que se tornou no humanista mais erudito da Europa, autor da obra – *Elogio da Loucura*, que sempre sofreu com a ilegitimidade de seu nascimento. É um caso similar ao seu...

– Imagine Jesuíno que, historicamente, muitíssimos papas foram casados, inclusive o Papa Sérgio III, que se apaixonara pela italiana Marozia com quem teve um filho. Este filho aos 22 anos sentou no Trono de São Pedro, sob o título de Papa João XI.

Que exemplaridade há, que obediência deve ser seguida pelos prosélitos?

Os padres ortodoxos podem se casar, constituir suas famílias! A Igreja Católica Ortodoxa entende e dispõe que os seus sacerdotes devem unir-se em matrimônio para melhor compreender as necessidades espirituais de sua grei, apascentando o seu rebanho de forma realística, verdadeira.

– O que entende um padre celibatário do universo do casamento? – obtemperou Diogo.

Mera dialética verbal, entremeada de citações bíblicas, discutíveis, verborrágicas articulações que chegam a ser bizarras.

O fosso das diferenças foi se alargando, incluindo-se a iconoclastia e celibato, entre outras tantas diferenças litúrgicas, incongruentes.

– Estou convicto, Jesuíno, que este meu pensar é procedente. A Santa Sé nesta contenda não vai arredar pé, depois de tantos séculos de desmandos, mas chegará um dia no futuro que ela modificará seu entendimento. Tudo é relativo na vida e não adianta os teólogos de plantão engendrarem maquinações teologais de que Jesus e apóstolos, assim entendiam. Tudo não passa de premissas e divagações calcadas no engenho de discussões dialéticas, a nível espiritual e não racional, como é a norma vedativa.

– Relembro, a título de exemplaridade, que o próprio Papa Alexandre VI, nascido Rodrigo Bórgia, por volta de 1500, que vivia em concubinato, mostrando a todo mundo católico apostólico romano os seus sete filhos. Se o papa não obedece a regra celibatária, como querer impor aos demais da grei, tal procedimento.

– Hipocrisia, sim, Jesuíno.

Realidade incontrastável com a postura papal e as disposições conciliares.

– Jesuíno, veja que o assunto é cíclico durante os tempos. Em Lisboa, por volta de 1469, o Bispo D.João Manoel teve um filho com uma solteira de nome Justa Rodrigues, bastardo este que recebeu o nome de Nuno.

Nesta mesma época, o Rei de Portugal e a Rainha tiveram um filho – então futuro rei, que passou a chamar-se D. Manoel, que não foi amamentado pela mãe, mas sim por Justa Rodrigues, que alimentava Nuno, tornando-se ambos irmãos colaços e amigos por toda vida.

– D. Manoel, mais tarde, Jesuíno, legitimou seu irmão, livrando-o da bastardia e o nomeou guarda-mor do reino.

– Doutra feita, o Papa Sirício, em Epístola, afirmou – "Muitíssimos sacerdotes tem procriado filhos depois de largo tempo de consagração, não só com as próprias mulheres, mas com outras de torpes uniões."

– Hoje, Jesuíno, com o advento da impressão, projetada pelo Homem de Mogúncia – Gutenberg, a vulgarização do livro e suas ideias ganham celeridade, difusão, derrocando um mundo monástico da reprodução livreira. Os copistas perderam seus empregos e muitos segredos inconfessáveis começam a aflorar na construção do texto bíblico, discutíveis quando de suas origens, quando o Homem falava aramaico. Os textos bíblicos transmudaram-se do grego para o latim e da língua do Lácio para uma multiplicação de idiomas nascentes. O populacho diz que quem conta um conto, aumenta um ponto...

– Jesuíno, não adianta o Vaticano satanizar aqueles que pensam diferente, sequer mandar às fogueiras da Inquisição monges como Giordano Bruno e outros pensadores.

– Nicolau Copérnico, defensor do sistema heliocêntrico, vilipendiado pela Inquisição retratou-se sob o condão da excomunhão e da Santa Fogueira.

– A história medieval sempre registrou a queima de livros, considerados proibidos pela Inquisição.

– Outro cientista, Galileu Galileu, para não morrer, abjurou da heresia perante os Cardeais Inquisidores Gerais, assim:

> Abjuração de Galileu
>
> Eu Galileu, filho do defunto Vicente Galileu, florentino, de idade de setenta anos, assistindo pessoalmente ao meu processo e posto de joelhos diante de vós os Eminentíssimos e Reverendíssimos Senhores Cardeais Inquisidores Gerais de todo o Orbe Cristão, contra a herética privacidade, tendo diante dos meus olhos os Santíssimos Evangelhos, que toco com a minha

mão, juro que sempre cri, e agora creio e com a graça de Deus sempre crerei o que a Santa Igreja Católica, Apostólica, Romana crê, prega e ensina. Porém, como depois de ser juridicamente notificado e mandado por este Santo Ofício que eu inteiramente renunciasse à falsa opinião, que assevera que o sol é o centro e imóvel e que eu não mantivesse que o sol é o centro e imóvel, e que eu não mantivesse ou defendesse, nem de modo algum ensinasse, de palavra, ou por escrito a sobredita falsa doutrina; e depois que se me notificou, que a sobredita doutrina era contrária à sagrada escritura, eu escrevi e imprimi um livro em que trata da dita doutrina já condenada, e produzi razões de grande peso em favor dela sem lhes dar resposta alguma, sou portanto julgado pelo Santo Ofício, como veementemente suspeito de heresia, convém a saber que tenho dito e crido, que o sol é centro do mundo e que a terra não é o centro, mas que se move.

Desejando portanto remover do espírito de vossas eminências e de todos os cristãos católicos esta veemente suspeita, legalmente concebida contra mim, eu, com sincero coração e fé pura, abjuro, amaldiçoo e detesto os ditos erros e heresias, e em geral todo e qualquer outro erro e seita contrários à sobredita Santa Igreja; e juro que para o futuro nunca mais direi ou asseverarei, quer seja por palavra, quer por escrito, cousa alguma que dê motivo a semelhante suspeita; mas que se eu souber de algum herege ou pessoa suspeita de heresia, o denunciarei neste Santo Ofício, ou ao Inquisidor ou Ordinário do lugar em que eu estiver.

> Além disto juro e prometo que cumprirei e inteiramente observarei todas as penitências que me foram ou forem impostas por este Santo Ofício. Porém se, o que Deus não permita, acontecer que eu obre em contravenção a alguma das minhas palavras, promessas, protestos e juramentos, eu me sujeito a todas as penas e castigos, que se tem ordenado e publicado contra tais ofensores pelos sagrados cânones e outras constituições gerais e particulares. Assim Deus me ajude e estes santos Evangelhos, que toco com a minha própria mão.
>
> Eu o dito Galileu Galilei tenho abjurado, jurado, prometido, e obrigando-me na forma acima, e em testemunho destas cousas, assinei com a minha própria mão este presente escrito da minha abjuração e o repeti palavra por palavra, em Roma no Convento de Minerva, aos 22 de julho do ano de 1633. eu, Galileu Galilei, abjurei com a minha própria mão."

Após negar, sussurrou baixinho: "*Che se muove, se muove...*"

O recrudescimento contra o celibato vigorou a partir da oficialização, da fixação como norma oficial.

Jamais houve unanimidade estrutural! A maioria dos padres amancebados não quer voltar-se contra a Igreja, desejando oficiar seus encargos litúrgicos, normalmente.

– Há pouco tempo, Jesuíno, no Maranhão o padre Miguel Rego vivia amancebado, administrando sua prole de cinco filhos com notoriedade e placidez. No Brasil a realidade da mancebia e da ruptura da postura celibatária é uma realidade como os raios do sol, atravessando a peneira...

De notório conhecimento geral é a figura do padre de Santa Luzia, de Goiás, Simeão Estilita Lopes Zedes, filho ilegítimo deixado na porta da casa de uma sua tia. Ordenado, amasiou--se com Ana da Cunha Coutinho com quem teve dois filhos e, depois, mais um com Ana Benedita do Espírito Santo. Com a teúda e manteúda Margarida Gonçalves do Amor Divino tem mais cinco filhos, tendo comprado a Fazenda Babilônia, em Meia Ponte, do lendário e homem mais rico da região – Comendador Joaquim Alves de Oliveira.

– Meu caro Jesuíno! Sem comentários...

– Maior notoriedade, ainda, registra a figura do extraordinário padre José Martiniano de Alencar, deputado às Cortes Portuguesas, Senador, Presidente da Província do Ceará, aguerrido cratense, nascido em 1794, tendo participado com sua genitora Bárbara Pereira de Alencar na Revolução de 1817 e na Confederação do Equador, em 1824, que eu tanto admiro, Jesuíno, companheiro na deputação das Cortes, que vivia em mancebia com a prima Ana Josefina de Alencar, com quem teve doze filhos, sendo oito vivos: José Martiniano de Alencar, Leonel Martiniano de Alencar, Tristão Martiniano de Alencar, Maria Amélia de Alencar, Bárbara Augusta de Alencar, Joaquina Carolina de Alencar, Argentina Adelaide de Alencar e Carlos Martiniano de Alencar.

Sendo presbítero da Ordem de São Pedro mandou lavrar escritura pública, em abono da verdade e desencargo de consciência, pois na condição de clérigo de Ordens Sacras, contraiu amizade ilícita com dona Ana Josefina de Alencar, por fragilidade humana, reconhecendo seus filhos como legítimos e únicos e universais herdeiros. Seu padrinho, padre Miguel Carlos da Silva Saldanha financiou seus estudos no Seminário de Olinda, de quem insinuam seja filho.

– Jesuíno, meu dileto pintor!

Os processos de legitimação junto às Mesas de Consciência e Ordens se avolumam em toda a nação, via Desembaraço do Paço.

Todavia, os filhos sacrílegos, normalmente são reconhecidos em tabelionatos, como por exemplo o caso do padre Jerônimo José e Lima, do Serro Frio, em Minas Gerais, que perfilhou cinco filhos, sendo um deles o clérigo José Agostino; Padre José Custódio de Camargo, que legitimou seis filhos; padre Manuel Ângelo Figueiredo de Aguiar com meia dúzia de rebentos; todos eles com suas teúdas e manteúdas.

Milhares no Brasil e no mundo, onde me incluo, também, são filhos de Padre!

– Observe mais, Jesuíno.

As Santas Casas de Misericórdia no Brasil, que tanto bem realizam, clinicamente e socialmente, reproduzindo o modelo francês do Hospital dos Expostos (des enfants trouvés), implantaram a Roda dos Expostos, colocando as portas cilíndricas, bipartidas, discretamente instaladas nos muros destas casas de saúde, onde os expostos, "filhos de pais incógnitos", enjeitados da vida, são deixados, ocasião em que, tocada a sineta, se aproxima a "rodeira", a fim acolher o recém-nascido.

– Atualmente, a França tem mandado para atender nosso povo as ordens das irmãs de caridade de São Vicente de Paulo e de São José de Chambéry, instaladas, inclusive, em nossa Itu, Jesuíno.

– Diogo, uma coisa me surpreende neste assunto celibatário!

– O que é, Jesuíno? O fato de você constituir-se anticelibatário convicto, de pretender a reforma da Igreja e instituir o país com as doutrinas da Constituição Civil do Clero da França e ser eleito para a Comissão dos Negócios Eclesiásticos, com suas ideias regalistas. Vejo que o Bispo da Bahia, D. Romualdo

Antônio de Seixas, seu ferrenho opositor e crítico, reconhece em você valores de integridade comportamental, tendo afirmado:

> *"Nada mais me enche de horror do que o espetáculo da vida escandalosa de numerosos padres, dissimulando ou exibindo amantes e filhos."*

– Diogo, ele sabe que você é um homem conspícuo, correto, em seu procedimentos.

– Jesuíno, minha alma gêmea, procuro ser um homem reto e verdadeiro, um cura zeloso de meu ofício pastoral, tendo publicado uma obra, em 1828, que você tem um exemplar, intitulada – Demonstração da Necessidade de Abolição do Celibato Clerical, publicada pela Typographia Nacional.

– Nada faço às escondidas!

– Nós, Jesuíno, honramos o celibato assumido, honramos a nossa Igreja, talvez como um desaguadouro de nossas origens e idiossincrasia comportamental.

– Você, Jesuíno, como mulato, estigmatizado pela cor perante uma sociedade racista.

– Eu, como filho de pais desconhecidos, sem o carinho maternal, filial, estigmatizado como um exposto, alienado de uma aristocracia nebulosa e preconceituosa dos Camargo, viventes do casarão da Rua da Freira, sou um espírito vagante solitário.

– Hipócritas por natureza do vil metal e das aparências de classe social, preocupados com o labéu de minha ilegitimidade, desdouro de nascimento.

Temos o hábito religioso como uma forma de igualar nossas diferenças e realidades sofridas, que marcam nossas origens. Nossa vocação sacerdotal talvez se revista do manto da necessidade social, de ocupação de posicionamentos societários, políticos e vivenciais de toda ordem.

– Imagine, Jesuíno, o meu dilema ao assinar petição à autoridade diocesana, requerendo admissão às diligências de *genere et moribus*, primeiro passo para o ingresso na carreira eclesiástica.

– Fi-lo, amargurado.

> "Diz Diogo Antônio Feijó, desta cidade, de pais incógnitos, professor de gramática latina e Portuguesas da Vila de S. Carlos, que ele tem suma vocação ao estado sacerdotal e para o conseguir deseja ser admitido às diligências *de genere*."

– As testemunhas ouvidas afirmaram, sob as penas da lei, que pertenço à poderosa família Camargo, mas permanece um segredo sepulcral no que se refere à minha progênie. Prestei todas as provas, desde Gramática Latina, Teologia Moral e Dogmática, Humanidades e demais matérias, quando em dezembro de 1808, fui ordenado diácono. Em 25 de fevereiro de 1809 recebi a ordenação sacerdotal na capela particular, para minha surpresa e estupefação, no palácio do Exmo. e Revmo. Senhor D. Mateus de Abreu Pereira, Bispo de São Paulo.

– Costumo dizer que é muita honraria para tão pobre marquês...

– Quando olho para você, Jesuíno, vestido com este burel negro, a feitio dos mendicantes, o que és realmente, sinto a sua essência de viver, uma visão cenestésica.

Sua imagem é o símbolo de nosso cenóbio de verdadeiros ascetas, aqui em Itu, neste conglomerado vivencial que é o núcleo dos Padres do Patrocínio. Somos um grupo de sacerdotes, austeros, dedicando-nos ao estudo e debates, como é este que realizamos neste momento. Cuidamos rigidamente dos ofícios sacerdotais. Esmolamos e pregamos com fé inabalável em Deus.

– Eu mesmo, agora, recentemente, aboli, temporariamente, a veste talar, embora não me descure da missa diária e da leitura do meu breviário.

– Censuraram-me por não usar a batina, mas afirmo –

> "Não afeto religião, nem ponho minha glória e passear pelas ruas da cidade de hábito talar. Não sou virtuoso, mas as virtudes que ambiciono são a humildade e a caridade cristã, em que se resolve toda a moral cristã."

– Amigo – sinto que estamos realizando uma verdadeira catarse, um confessionário a céu aberto!

– Mas voltemos ao assunto principal que é o celibato, *o sacerdotalis caelibatus*, Diogo.

O Código de Direito Canônico fixa em cânone a seguinte regra:

> "*Todos os fieis tem o direito de ser imunes de qualquer coação na escolha do estado de vida.*"

– Jesuíno, interrompo suas afirmações para dar-lhe uma notícia maravilhosa! O padre Delacroix, quando de sua estada aqui, sabedor que sou latinista, ofertou-me um breviário, datado de 1608, ou seja, de duzentos anos atrás. Uma raridade, que me ufana!

Contém anotações de freis, seus antigos detentores, em vários idiomas. Exemplar com capa em couro com arreatas para dar um laçarote, mantendo a relíquia fechada. Belo exemplar!

Editado em Paris, tem o frontispício - *EX LIBRIS QUOS IN SUUM ET FRATUM USUM COLLEGIT D. H. QUENTIN CUM ROMAE PARIISQUE SACRIS BIBLIS EDENDIS INCUMBERET.*

Este Breviarum Romanum, verdadeira raridade bibliográfica, no psalmum 132, com a antífona ECCE (eis), cântico de romagem de Davi, que versa acerca da excelência da união fraternal, registra manuscrito do frei Romoatio Colombano, da Ordem Cisterciense, trapista.

Inúmeras outras anotações, em grego, latim, francês demonstram que a obra passou pelas mãos de sucessivos frades, de ordens diversas, em muitos lugares.

– Jesuíno, segure esta raridade, este exemplar, como fosse um incunábulo!

– Mas, voltemos a ouvi-lo acerca do celibato, meu caro Jesuíno.

– Assim, nenhuma autoridade humana tem o condão de compelir alguém a contrair casamento ou seguir a trilha do celibato. Todavia, a Igreja tem todo o direito de escolher seus ministros de fé, examinar a idoneidade, fazer observar requisitos e estabelecer regramento na conformação de suas estruturas.

Quem quiser aceitar, tudo bem. Quem não quiser, não é obrigado a aceitar o celibato e o ordenamento religioso, por consequência.

– É límpido, claro, cristalino, Diogo.

O fato de ser filho de um padre, que não honrou seus votos sacerdotais, não deve ser imperativo para que seja contra o celibato. Podemos ser contra o seu pai e não contra a Igreja, que não pactua com procedimentos desta natureza.Não retiro desta conversação dialética o seu direito de entender que o celibato restringe a vinda de novos padres e que o instituto é indébito em nossos dias atuais. Neste diapasão não está solitário, ao contrário são numerosos aqueles que pretendem extirpar a figura do celibato da estrutura religiosa, porquanto os tempos são outros.

– Diogo! A Igreja é milenar e o tempo nela não conta!

– Vou vaticinar! É uma veleidade passageira, esotérica.

– Diogo, antes de deixar este mundo e o seu espírito, irrequieto e acre, taciturno, sisudo e introspectivo, de energia transbordante, marcado por complexo de inferioridade, revestido de uma capacidade invulgar de trabalho, voltar ao reino do Criador, deixará para a posteridade, de forma resoluta e definitiva, de alto e bom som, que você ama a Igreja, como todos nós sabemos e amamos, mas chega a entender que o celibato é mais benéfico do que prejudicial para os

homens no desempenho da estrada sacerdotal e pastoral.

Publique uma mensagem pela qual você se retrata. Uma retratação religiosa, genérica, transbordante de paz e de aconchego espiritual a todos, demonstrativa de sua mansuetude ao final de vida.

Diga, assim:

REVOGO E ME DESDIGO DE TUDO QUANTO PUDESSE DIRETA OU INDIRETAMENTE OFENDER A DISCIPLINA ECLESIÁSTICA POIS TUDO FIZERA PERSUADIDO DE QUE ZELAVA DA MESMA IGREJA DE QUEM ERA FILHO E MINISTRO E A BEM DA SALVAÇÃO DOS FIÉIS.

O tempo dirá!

AS CORTES

Depois de procelosa tempestade,
Noturna sombra e sibilante vento,
Traz a manhã serena claridade,
Esperança de porto e salvamento.

Luis de Camões

Venho me despedir. A viagem será longa e não sei quando retorno...

– E para onde você vai, Diogo?

– Depois de amanhã, seguimos para o Rio de Janeiro, onde vamos embarcar na galera Maria Primeira para Lisboa.

– Lisboa, Portugal? – pergunta Jesuíno, estupefato. Sim, dia 13 de novembro de 1821.

– Guarde bem esta data. Vamos para a Europa, em companhia de vários Deputados que assumirão seus postos nas Cortes, entre eles Vergueiro, nosso dileto amigo aqui do Patrocínio.

– Daqui da Província o grupo de deputados reúne, além do Vergueiro e de mim, o Antônio Carlos, que considero o tribuno mais brilhante, José Ricardo da Costa Júnior, Fernandes Pinheiro e o meu especial companheiro Paula Souza, sempre aconchegante e bem humorado – enumerou Diogo.

– Claro, Jesuíno, do Rio de Janeiro e de outras províncias irão outros, totalizando 50 representantes. Sei que as Cortes portuguesas terão um total de 250 deputados e o Brasil contará com meia centena.

Minoria que será massacrada, sem dúvida, mas aguerrida, pronta para o enfrentamento político nas Cortes Gerais e Extraordinárias de Lisboa!

Não podemos esquecer que o bonachão D. João VI nos deu autonomia, guindando-nos a condição de nação independente, autônoma, ficando unida ao Reino de Portugal, Brasil, Algarves, Daquém e Dalém mar em África, da Guiné e da Conquista, Navegação e Comércio da Etiópia, Arábia, Pérsia e Índia.

– Puxa, Diogo, isto não é país, mas sim um império, onde o sol nasce e se põe. Uma vastidão, sem fim.

Intimamente tenho lá minhas dúvidas acerca da durabilidade deste vínculo entre os dois reinos dos Bragança! É bem verdade, entretanto, que nossa eleição, como deputação às Cortes tem um significado de união, embora não tão mansa e pacífica.

Se analisarmos a conjuntura internacional, especialmente da América Latina, veremos que o Brasil é a única nação a permanecer sob a formatação de um reino monárquico, enquanto os demais países que se libertaram do jugo colonialista já experimentam a conformação republicana.

Em 26 de abril deste ano, quando o Bonachão zarpou para Lisboa, deixando aqui o filho Pedro, como Regente, advertiu-lhe, de forma peremptória:

> "Pedro, se o Brasil separar, antes seja para ti que me hás de respeitar, do que para alguns desses aventureiros."

– Meu dileto Jesuíno, me despeço. Rogo as bênçãos do Pai Eterno.

– Saúde, amigo!

Dia 5 de fevereiro, Lisboa irrompia aos nossos olhos como um sonho quixotesco. Os deputados brasileiros, encostados na murada da galera, observavam a Torre de Belém. O Tejo a nos receber com suas gaivotas brancas e esvoaçantes. Expectativa de quem chega. Indagações mil a varrer as mentes dos representantes às Cortes...

Diogo se aproxima de Antônio Carlos e confidencia.

– Antônio Carlos, daqui a uma semana, tomaremos assento nas cadeiras das Cortes e cada um, naturalmente, fará seu discurso, arrazoando nossas aspirações brasileiras. Você, que é indiscutivelmente o mais inflamado tribuno, dono de uma oratória transoceânica, vibrante, afeito aos embates tribuníceos, fará a abertura de nossas falas. Acho oportuno que você, Antônio Carlos, alinhave os tópicos de nosso documento básico, quais sejam as Instruções para os Deputados de São Paulo, mostrando uma coerência e unidade de pensamentos.

– Muito bem, Feijó!

As Cortes Gerais, Extraordinárias e Constituintes da Nação Portuguesa com sua maioria esmagadora não vão permitir a inserção e aprovação de qualquer pretensão brasileira.

Vamos pontificar os negócios da União, os negócios do reino brasileiro e em seguida os negócios da Província de São Paulo, base de nossa representação.

Vamos enfatizar de forma unânime os liames monárquicos. A integridade e coexistência do Reino Unido, ressaltando-se a defesa da soberania brasileira, respeitando-se nossos interesses e reivindicações nacionalistas.

– Meu caro Antônio Carlos, obtemperou Feijó – não será fácil este enfrentamento!

Portugal atravessa a crise econômica, em razão da invasão napoleônica, da ida da família imperial para os trópicos e da manutenção de pesadíssima estrutura administrativa, sem correspondente poder comercial. Os lusitanos estão exauridos!

Vivem dias amargos e duros!

Mais ainda, nossos pensamentos liberalizantes com viés republicano vão gerar e dimensionar nossas pretensões de igualdade e prevalência no resguardo de nossas riquezas.

O Fico foi a gota d' água esta semana – afirmou Feijó.

O Regente Pedro, agora insurgiu-se contra a vinculação estrutural e bipartiu-se, fragilizando este liame, afrontando as Cortes.

Temos o Imperador D. Pedro I, monarca do Brasil e a expectativa de independência é uma questão de habilidade dos Andradas.

Rompem-se laços, embora a família Bragança seja uma só!

D. João VI não irá enfrentar o filho, ao contrário, desempenhará seu papel de hábil articulador, político manso e sagaz. Os deputados lusitanos não vão permitir a minimização de seus interesses em detrimento da "ex-colônia", embora não digam ostensivamente.

– Tens razão Feijó!

– Tens toda a razão deste mundo.

– Vamos à luta, então. Assinamos ou não esta Constituição que prepararam e que contraria os interesses brasileiros?

Vamos discursar. Vamos expor nossas razões, nossos ideais. Mostrar porque viemos. Deixar patenteada e publicizada nossa postura diametralmente oposta aos portugueses.

Os lusos querem a recolonização brasileira, solução imediatista para a superação de suas dificuldades financeiras.

– O colonialismo é a base de sua política!

– Querem o retorno de D. Pedro a Portugal! Julgaram inepta a Assembleia Constituinte realizada no Brasil. Radicalizaram de forma intransigente, sem retorno, com a independência brasileira.

O monarca brasileiro, com a morte de seu pai, nomeará como herdeira, sua filha D. Maria da Glória e como regente, seu irmão, D. Miguel. Isto é um assunto da Casa Imperial, de família, de permanência dos Bragança no poder.

– Veja Antônio Carlos, os Estados Unidos foram o primeiro país a reconhecer nossa independência, naturalmente após celebração de acordo comercial, afrontando o poder inglês, hegemônico no mundo. O México veio após. Entretanto nenhum país sul-americano aderiu com receio de permanência de uma estrutura colonialista abaixo do Equador. É a visão republicana se instalando entre nós. A força cogente da Revolução Francesa avassalando os países em fase de desabrochamento cívico.

– Novos tempos, amigo. Velhas realidades.

Portugal somente aquiesceu no reconhecimento por imposição inglesa de quem a proteção é prevalente, após nos cobrar a bagatela de 2 milhões de libras esterlinas, dinheiro que o Brasil, como nação incipiente, não tinha.

A Inglaterra "bondosamente" nos proporcionou o empréstimo, a fim pagar ao falido Portugal.

– Vejam amigos – insuflou Feijó! A Inglaterra tinha que resolver dois problemas básicos: a influência francesa em Portugal e a crescente participação econômica nas Américas.

– Pura política de ocupação de mercados e posições estratégicas!

– Aí – Sir Charles Stuart veio assinar os tratados de Paz e Amizade, fixando as partes:

"Sua Majestade Fidelíssima, D. João VI, reconhece o Brasil na categoria de reino independente e separado dos Reinos de Portugal e Algarves."

"Portugal recebe a quantia de dois milhões de libras esterlinas a título de indenização pela independência, desvinculando-se de Portugal".

– Pura corrupção – adiantou Antônio Carlos, porquanto a Inglaterra pela " intermediação" receberia do Brasil o valor que era já devido por Portugal, ficando esta cláusula em documento sigiloso, sem transparência.

Em verdade, mera transferência de dívida internacional! – livrando-se os ingleses da cobrança desta monumental dívida de uma nação em estado falimentar, no caso o velho Condado Portucalense!

Portugal estava exaurido e a ex-colônia, o Brasil, se constituía num manancial infindável de recursos naturais.

Antônio Carlos discursara nas Cortes sob apupos e vaias. Mostrara porque veio e exibira a unidade da representação na defesa de suas arguições e posições.

– Não se acovarde, Antônio Carlos de Andrada, eu falarei amanhã! É uma parcela do Clero a mostrar sua indignação e depois de todos tomarem assento, não vamos assinar esta Constituição marota e vamos ver o que acontece!

– Veja como foi inusitada a manifestação desse baiano, o Barata, vestido com roupa de algodão e chapéu de couro, vociferando suas invectivas contra a turba que apupava. Marcou presença, afirmando: "quando fala um Deputado Brasileiro por sua Pátria, se cala toda a canalha europeia". Foi o estopim para uma algazarra geral com discursos num ambiente contrário às pretensões brasileiras.

– Este Barata, que estudou medicina em Montpellier, não é uma barata – insinuou jocosamente Costa Aguiar, sorrindo marotamente.

– Nas veias deste radical nordestino, Cipriano José Barata de Almeida, corre o sangue de homem combativo, acrescentou Antônio Carlos, constituindo-se numa figura exótica de um nativismo exaltado. Homem aguerrido e desassombrado, afeito à luta.

Fernandes Pinheiro, Silva Bueno, Costa Aguiar, Cipriano Barata, o Vergueiro, você Antônio Carlos de Andrada, Muniz Tavares e muitos outros que não me vem à mente, agora, já me disseram que não assinarão a proposta constitucional.

É isto, *alea jacta est!*

O clima é insustentável e as ameaças são claras!

– Quem quiser retorne ao Brasil, mas um grupo vai para Londres, fugindo da perseguição dos lusitanos.

– O Feijó já providenciou, secretamente, para que deitemos vela para a Inglaterra num brigue inglês como clandestinos. Vamos nós cinco, o Cipriano Barata, o Francisco Gomes, o Antônio Manoel da Silva Bueno, eu José Lino Coutinho e o padre, naturalmente.

Acredita-se que muitos outros deputados assim procederão, buscando cada um o melhor caminho. Mas é importante o sigilo, a fim de que as autoridades portuguesas não desconfiem da decisão.

– Cipriano, redarguiu José Lino, bastante preocupado com a situação: – creia que Lisboa negou passaportes aqueles que não assinaram a Constituição. Impedem que saiamos daqui sem anuir com a Carta Magna deles.

Atitude policialesca e incabível a qualquer cidadão livre!

– Amanhã, dia 6 de outubro, zarparemos rumo à Falmouth, Condado de Cornwall.

Após a partida, já impotente para coibir, o Intendente-Geral da Polícia de Lisboa anunciou aos quatro ventos–

> *"terem se evadido, sem passaportes, no paquete inglês Malborough Capitão Bull, sete deputados pelo Brasil."*

Era a represália injuriosa, caluniosa do Reino.

– Barata, meu caro médico de formação coimbrã, gostaria de permanecer com vocês em Falmouth, na Cornualha, mas devo reunir-me com um ícone da defesa dos direitos brasileiros, foragido das garras de Manique, deste hediondo Intendente Geral de Lisboa.

– Feijó, lembro-lhe que a minha formação médica foi desenvolvida na França, em Montpellier, na famosa Faculdade de Medicina!

– Desculpe-me, Barata, pela minha tontice. Eu sei que estudou em Coimbra, também.

Em Portugal, só se fala da fuga rocambolesca de Hipólito do presídio do Limoeiro, graças à colaboração da maçonaria inglesa. Agora, salvo, se encontra em território bretão sob o manto protetor do seu amigo Conde de Sussex.

– Esta semana irei a Kesington, Middlessex, lá na Lower Phillimore Place, encontra-lo.

Afinal de contas, somos exilados e perseguidos pelo simples fato de entender que a liberdade é um bem maior.

A ferocidade deste Intendente, a serviço da Santa Inquisição, é superior a Torquemada, torturador maior da Igreja Católica na Espanha, asseverou Barata a Diogo.

– Surpreenda-se com a ordem dada contra Hipólito por ser maçom:

> *"Aquele que Vossa Mercê vir de sapatinho bicudo e mui brunido, atilhos nos calções, com gravata por cima da barba, colarinho até meias orelhas, cabelo rente ao toutiço e tufado sobre a moleirinha com suíça até os cantos da boca, agarre-me logo dele, tranque--mo na cadeia carregado de ferros, até que haja navios para Limoeiro: é iluminado ou pedreiro-livre".*

Este bárbaro Intendente Geral da Polícia – Diogo Ignácio de Pina Manique e seus *"morcegos"* da Guarda Nacional cometeram e cometem os mais hediondos crimes em nome da Igreja Católica portuguesa, sob denominação de Santa Inquisição. Sua fama como facínora requintado se espalhou por todo Portugal.

– Pelo que sei, Barata, Hipólito passou mais de dois anos numa enxovia do Limoeiro. Não sei como resistiu!

– Eu mesmo, Feijó, fui preso e trancafiado em vários calabouços desta nação.

– Diogo, como é o nome completo desta criatura tão sofrida e perseguida?

– Pelo que sei Barata, é natural da Colônia do Sacramento e se chama Hippólyto José da Costa Pereira Furtado de Mendonça e que por sinal, foi companheiro do padre Veloso, na Tipographia Real, no Rio de Janeiro.

– Disseram-me, Barata, que é o responsável pela implantação da Maçonaria em Portugal, razão pela qual a Igreja e o Santo Ofício guardam este ódio inconcebível, em nome de Jesus.

– Agora, no exílio, lançou em Londres o Correio Braziliense ou Armazém Literário, como também é nominado, considerado o primeiro periódico do Brasil, que Lisboa rechaça por defender a Maçonaria e o Brasil em seu processo libertário.

A publicação tem quatro secções: Política, Comércio e Artes, Literatura e Ciências e Miscelânea-Reflexões sobre as novidades do mês e Correspondência.

– Quando ler, verá, encimando o cabeçalho um verso de Camões:

"Na quarta parte nova os campos ara
E se mais mundo houvera lá chegara."

– Assim, meu caro Barata, quero despedir-me, desejando feliz retorno à Pátria.

– Estamos a nos aproximar de Lower Phillimore Place, senhor Feijó!

– A casa do senhor Hipólito é aquela, amarelo-escuro, lá na esquina, senhor – apontou o cocheiro do landau. Um pouco mais chegamos ao nosso destino, mas antes vou deixá-lo na estalagem, aqui ao lado, a White Star. O estalajadeiro é tradicional e se chama Peter.

– Muito bem!

Hospedado, principia a arrumar sua roupa e malota, quando chega Hipólito, de forma inopinada, avisado que fora pelo cocheiro, da chegada do seu cliente ao destino.

Hipólito, calorosamente, recebe Diogo, apertando suas mãos efusivamente, deixando a impressão da alegria de encontrar um padre brasileiro, também fugido das Cortes.

– Seja bem-vindo, padre Feijó.

– Por favor, trate-me de Diogo, simplesmente. Afinal de contas somos dois exilados à procura da luz da liberdade em nosso país.

– Assim seja, Hipólito. Não percamos tempo. Sou todo ouvidos.

– Ora, você já está instalado na White Star. Agora, vamos lá para casa, onde teremos privacidade para conversar.

– Vamos! – temos muito que trocar ideias.

– Ora, então vamos aos projetos que temos para o Brasil. Quem pensa pequeno, faz coisas pequenas.

– Quem pensa grande, faz coisas grandiosas, afirmou Hipólito, cofiando suas costeletas alongadas.

Nosso periódico, o Correio Braziliense é a primeira tentativa de levar aos brasileiros a informação do Brasil para o mundo e vice-versa.

Sabe-se que a compreensão nasce do conhecimento e é ele que faz as pessoas refletirem e tomarem decisões. Nossa nação é um verdadeiro continente lusitano, rodeado de espanhóis. Riquezas mil, aflorando de suas entranhas, despertando a cobiça de todos os povos, pirateando nossas costas, nosso imenso litoral.

– Fico a imaginar, padre Feijó, como um torrão destes consegue manter uma unidade?

– Será pelo fato de possuir um idioma de mando, o português?

– Será pela razão de professar-se a religião católica, a acimentar as almas no contexto do Padroado, miscigenando-se na fé o poder temporal?

Será pela magia da comunhão nos trópicos, que induz os seres humanos ao procedimento de apequenar suas diatribes?

As almas brasileiras nesta imensa bacia vivencial vão se misturando, abaixo da linha do Equador, com uma inimaginável fluidez comportamental. Há um afrouxamento de normas, uma visão hedonista em seus hábitos.

Isto é algo transcendental!

– Você pode analisar, prossegue Hipólito, verborrágico por natureza, que a continentalidade territorial diminui a interrelação administrativa.

Da Corte, em Lisboa, para o Rio de Janeiro, um navio rápido como o Voador levou quarenta e seis dias, a fim avisar que o Regente e sua mãe demente e valetudinária estavam a caminho!

– Imagine as demais embarcações!

Da Corte para o Rio de Janeiro, uma viagem se faz durante dois meses ou mais. Do Rio até Cuiabá, pela estrada dos bandeirantes o viajante leva cerca de quatro meses.

A comunicação litorânea é o caminho mais rápido do que o interiorano por ínvios roteiros à lombo de burro ou a carro de boi, a ranger os seus cocões com um tanger monótono e triste, verdadeiramente monocórdico como um cantochão.

– A Coroa lusitana até então manteve o território dividido em capitanias, governos-gerais, capitanias-gerais, vice-reinados, para melhor dominar, fazendo-os a vincular-se ao Reino.

Dividir para dominar é regra elementar no processo de comando, tendo as unidades seus enlaces administrativos diretamente com o poder central, de forma independente, não ensejando coesão.

– A Coroa sempre vedou a ascenção social, tanto é, Diogo, que há menos de oitenta anos, em 1749, o Rei D. João V editou o Alvará Régio, denominado Pragmática de Sua Majestade sobre o luxo, fixando quem podia e quem não estava autorizado a usar sedas, brocados, ouro, alguns tipos de mobiliário, carruagens, armas e uma série de artigos.

Visava a Coroa evitar que pessoas de menor condição social passassem a posicionar-se em patamar superior, restrito às autoridades e ao Clero.

Em Itu, como no Brasil todo, nas capelas e igrejas os fieis tem distribuição hierárquica, ficando as autoridades próximo do altar, no interior os homens livres e no lado de fora os escravos.

Entretanto, a mão inefável do destino pesa favoravelmente para o país/colônia com a ida de D. João VI e *entourage*, como dizem os franceses, para o Brasil, a fugir do Corso.

Abertura dos Portos para as nações amigas, criação do Banco do Brasil, Jardim Botânico, Escola de Medicina, Academia Militar, Laboratório de Química, Academia de Belas-Artes, Museu Nacional, Correio Nacional, Imprensa Régia e uma centena de pequenas e grandiosas ações desenvolvidas em solo pátrio, elevando a condição de independência em relação à metrópole europeia e criação de um status de nação, foram atos transformadores de um rei bonachão, pejorativamente nominado pelos lusitanos como João Burro.

A abertura dos portos brasileiros, formalmente vedados aos estrangeiros, que se constituía em monopólio comercial português, desde 1785, quando proibida era a comercialização das manufaturas brasileiras, que sempre foi desejo dos britânicos para colocar seus produtos manufaturados neste novo e incontrolável processo da Revolução Industrial, proporcionou a segurança e proteção de uma nação incipiente.

– Observe, Padre, que Napoleão dizia ter sido D. João VI o único monarca europeu a enganá-lo. Baloiçava entre ficar nos braços dele, colaborando com a França ou voltar-se para a Grã-Bretanha, sob sua proteção nos mares.

Se optasse pela primeira alternativa perderia seu império, fatalmente.

– Além mais, Padre Feijó!

– Não é à toa que fugiu repentinamente, na manhã de vinte e nove de novembro, às pressas, nos navios "Príncipe do Brasil,

Infante D. Henrique, Príncipe Real, Afonso de Albuquerque, Medusa e Rainha de Portugal."

– Relembre, Padre Feijó.

– Ao se falar de Dona Maria I, a Louca, relutava ela ao embarque, gerando um problema quase incontornável, se não fora a marcante interferência do Príncipe Regente, D. João, seu filho.

A Inglaterra, nesta hora, mostrou a sua capacidade negocial, dando cobertura com seus vasos de guerra H.M.S London, Marlborough e Monarch, que acompanhados , das fragatas lusitanas Golfinho, Martin de Freitas, Minerva e Urânia escoltaram a comitiva real no comboio de seus navios.

– Gostaria de relembrar, Padre Feijó, que este vaso inglês – o Marlborough foi que me trouxe, como clandestino, para a Cornualha, onde aqui estou!

– Padre Feijó, meu caro sonhador e idealista!

– Leia esta publicação que mostra a importância da ida de D. João para o Brasil e marca uma vitória no universo de cultura do país.

– Sei que é de seu pleno conhecimento.

Como editor tenho o mais amplo conhecimento de que a implantação da Imprensa Régia, logo após o desembarque da Comitiva Imperial, pode ser considerada como um dos atos magnos.

Não se olvide que, em 1768, o todo poderoso Marquês de Pombal, (Sebastião José de Carvalho e Melo) criou a Real Mesa Censória, eliminando a influência jesuítica e dando prevalência mandamental e autorizativa para quaisquer publicações ao exclusivo arbítrio e alvedrio do soberano.

– Um déspota esclarecido!

– Veja, Padre Feijó, separei uns excertos do ato imperial, que peço que lhe peço ler, enquanto vou à cozinha buscar um *brandy* para nos esquentar. Está muito frio, hoje!

Leia!

"...inabdicável direito da Soberania Temporal, a que desde a fundação da Igreja, foi sempre inerente à Suprema Jurisdição de proibir os Livros, e Papéis perniciosos, e de estabelecer penas pecuniárias, e corporais contra os transgressores das proibições...

Leis e costumes gerais de todas as Monarquias, e Estados Soberanos mais pios e ortodoxos, e contra o louvável costume de não se publicarem, nem terem execução nos seus respectivos Domínios, Bulas, Breves, ou Rescriptos, emanados da Cúria de Roma, antes de se fazerem presentes aos Príncipes Dominantes para dele obterem o BENEPLÁCITO, ou RÉGIO EXEQUATUR, quando não contém cousa, que ou ofenda a Independência da Suprema Jurisdição Temporal; ou possa perverter as Leis, os antigos e louváveis costumes, e Concordatas, com prejuízo do Bem comum dos Reinos e Estados, e com perturbação do sossego público de seus respectivos Vassalos.

Proibirem-se os Livros que se deviam permitir, ou permitirem-se os outros, que se deviam proibir, por serem somente próprios para se iludirem, e corromperem os Povos, como tem sucedido na sobredita forma. As severas críticas que as Nações mais polidas, e cultas da Europa, tem feito aos Tribunais da Inquisição destes Reinos e usando aos Ditos respeitos de todo o Pleno, e Supremo Poder, que na Temporalidade recebi imediatamente de Deus Todo o Poderoso, em justa e necessária defesa, assim da mesma igreja, e seus Cânones de que sou o Protetor nos meus Reinos, e Domínios, e da Minha Real Autoridade, como da reputação, honra, vidas, fazendas, e público sossego de Meus fiéis Vassalos: Quero, Mando, Ordeno, e é Minha Vontade, que nesta Minha Corte, e Cidade de Lisboa seja logo criada e erigida, como por esta sou servido criar, e erigir uma Junta perpetua denominada REAL MESA CENSOREA... exame, aprovação e reprovação dos Livros e Papéis que se pretenderem reimprimir, posto que antes fossem estampados com licenças; dos Livros e Papéis de nova composição, de todas as Conclusões, que se houverem de defender publicamente em qualquer lugar destes Reinos; e de tudo mais, que pertence a estampa, impressão, Officinas, Venda e Comércio dos sobreditos Livros e Papéis, Ordenando que nenhum Mercador de Livros, Impressor, Livreiro, ou Vendedor dos Livros, e Papéis, ouse vender, imprimir e encadernar os sobreditos Livros ou Papéis volantes por mínimos que sejam, sem aprovação, e licença da sobredita Mesa, debaixo das penas de seis Meses de Cadeia, da confiscação de todos os Exemplares e do dobro de seu valor pela primeira vez, do tres dobro pela segunda vez, aplicando-se a metade para os Transgressores; e pela terceira vez, dez anos de degredo para o Reino de Angola, além das sobreditas penas pecuniárias; se nas obras, ou obra, de que se tratar, e nos Introdutores, Receptadores, Publicadores, ou Vendedores dela não houver maiores culpas, que pelas minhas Leis mereçam maior pena... Nas proibições dos livros de autores vivos, que pretendam dar Obras a estampa, no caso em que se ache, que se lhe não devem conceder as licenças, que pedirem; se lhe de vista das dúvidas, que contra eles se oferecem antes de se deferir à final, para serem ouvidas no termo que aparecer competente, antes de serem condenados conforme é de direito, e ao que foi determinado no Concílio de Trento"

– Mais tarde , em 1720, veja Padre Feijó, o reino expedia alvará, em 20 de maio, proibindo as letras impressas.

Sequer vamos nós dois pensar que a censura irá desfazer-se...

Vejamos ainda uma realidade momentânea que evoluiu e evolue ao sabor dos tempos.

– Vou ler em voz alta, Hipólito, para que nossas mentes não deixem esquecer a magnitude desta concretização.

Carta Régia de 1808 autorizando a impressão no Brasil.

"Tendo-me constatado que os prelos que se acham nesta Capital, serão destinados para a Secretaria de Estado dos Negócios Estrangeiros e da Guerra; e atendendo à necessidade que há da Officina de Impressão nestes meus Estados; sou servido, que a casa onde eles se estabelecerão sirva interinamente de Impressão Régia, onde se imprimam exclusivamente toda a legislação e papeis diplomáticos, que emanarem de qualquer repartição de Meu Real Serviço; e se possam imprimir todas, e quaisquer outras Obras; ficando interinamente pertencendo o seu governo e administração à mesma Secretaria. Dom Rodrigo de Souza Coutinho, do meu Conselho de Estado, Ministro e Secretário de Estado dos Negócios Estrangeiros e da Guerra, o tenha assim entendido, e procurará dar ao emprego da Oficina a maior extensão, e lhe dará todas as instruções e ordens necessárias e participará a este

respeito a todas as estações o que mais convier ao Meu Real Serviço.

Palacio do Rio de Janeiro em treze de Maio de mil e oitocentos e oito. Com a rubrica do nosso Príncipe Regente Nosso Senhor."

– É a Carta Régia de 1808, Feijó, que permite a impressão no Brasil de uma forma incipiente, claro, mas constituindo-se numa conquista das mais importantes.

– Não se pode desconhecer, Hipólito, que a transferência da Biblioteca Real para o Rio de Janeiro, composta por cerca de 60 mil obras, significou um marco inigualável.

O Brasil, num passo gigantesco, graças à ida da Corte para a América, fugindo do poder napoleônico, galgou etapas preciosas e poderosas e nós brasileiros precisamos saber aproveitar esta projeção passageira para colher os frutos imprescindíveis para a elevação a não constituir-se colônia, mais.

A recolonização não sai da mente dos conservadores portugueses, que não querem perder suas áreas de imantação e poder.

– Não podemos voltar a ser colônia! – bradou Hipólito.

– Caro Hipólito, relembro que os "brasileiros", aqueles que comercializavam o pau-brasil nas costas brasileiras, arrasaram a Mata Atlântica. A extração da madeira tintorial começou em 1502, em decorrência do contrato mercantil com Fernão de Noronha, um sabido cristão-novo, que iniciou os carregamentos da nossa ibirapitanga. A exploração foi tão devastadora que em 1605, o Reino resolveu editar o Regimento do pau-brasil, visando coibir a extinção desta preciosidade nativa.

– Ninguém controla nada nesta vastidão continental, enfatizou Hipólito, fazendo um muxoxo.

Aqui na Velha Albion já se consorciaram cento e três casas inglesas de comércio, estabelecendo conselho de gestores para mercadejar com o Brasil, enviando para as províncias brasileiras toda a sorte de produtos manufaturados. É uma nova forma dos negócios no mundo à busca de mercados promissores.

O Correio Braziliense vem, diuturnamente, divulgando fatos e medidas que visam alavancar a nação rumo ao progresso e independência.

– Preconizo, padre Diogo, como a mais importante garantia, o culto à liberdade da Imprensa. A existência da livre imprensa num país é sinônimo de liberdade e de temor aos dirigentes que exorbitam de seus deveres cívicos, morais e religiosos.

O Poder tem medo da imprensa livre! Uma nação sem livre expressão não é um país.

– Diogo estava emudecido. Ouvia esta digressão como estivesse numa sala de aula.

– Esta caneca de *brandy* já me aqueceu, Hipólito. É de qualidade inigualável.

– Relembre, padre Feijó, os primórdios do povo inglês com o advento da Magna Carta, imposta pela Igreja e barões contra o despotismo monárquico. Esta declaração assinada pelo Rei João, conhecido como João-Sem-Terra, em 15 de junho de 1215, é o primeiro arroubo de uma sociedade a implantar os seus direitos libertários, compelindo os soberanos a acatarem a lei.

– Ela recebeu o título de *Magna Charta Libertatum seu Concordiam inter regem Johannen at barones pro concessione libertatum ecclesiae et regni angliae,* lavrada em latim vulgar, significando: Grande Carta das Liberdades, ou Concórdia entre o Rei João e os Barões para a outorga das liberdades da Igreja e do Reino inglês.

– O amigo como excepcional latinista bem sabe o que afirmo.

Pode-se dizer que é um embrião do constitucionalismo.

– O Correio Braziliense, padre Feijó, tem defendido, como afirmei anteriormente, a liberdade da Imprensa.

– Isto é fundamental! – confirmou Feijó, a sorver mais um gole do *brandy*!

Outros tópicos basilares, seguem:

– Garantia da propriedade.

Responsabilidade dos Ministros. Entendo que os dirigentes devem ser responsáveis por seus atos administrativos. Quem ocupa um cargo tem que demonstrar a grandeza de seu caráter, mostrar-se digno para o exercício do cargo em nome do povo. Se não estiverem de acordo com a vontade do imperador devem exonerar-se dos cargos para os quais foram nomeados. Se aceitaram, devem honrar. Tem-se noção exata das dificuldades, porquanto a maioria é constituída de poltrões, que ali estão apenas para se locupletarem.

– Vivem de aparências e de bajulação!

Publicação dos orçamentos e das contas da Fazenda Real. O erário é o suor do povo. São seus impostos. Deve haver transparência e conhecimento geral.

– Feijó! Quando afirmo que as Contas da Fazenda Real devam ser transparentes com o Erários Reais de suas nações, insurgem-se os potentados de forma afrontosa, como os recursos fossem suas propriedades.

– D. João VI que levou daqui da Europa tantas benesses para o Brasil e a respeito do que somos eternamente gratos, mesmo que as razões subjacentes da ida não tenham se revestido de valor ético, comportamental, não devemos esquecer o seu retorno a Portugal.

– Veja, meu ilustre Feijó – o Fujão –, em 1821, antes de retornar, ‘raspou” todo o dinheiro do Tesouro Real, diamantes, barras de ouro, num verdadeiro assalto.

– Permita-me uma breve observação, Hipólito – eu diria que ele rapou, efetivamente, apropriando-se dos valores numa vigarice imperial.

Foi rapace, rapinante, ignóbil!

– Tens razão, latinista, este rapace – rapou tudo! O saque do monarca nada ficou a dever a um flibusteiro em suas atividades corsárias.

Nada restou e, mais ainda, tivemos que pagar os dois milhões de libras esterlinas pelo reconhecimento da independência, depois.

– Ficamos na bancarrota, treze anos após a sua chegada.

– Imagine, Feijó, que D. João VI antes de pisar o seu torrão natal, ainda a bordo do navio, teve que assinar e jurar a Constituição que lhe tirava poderes, em detrimento das Cortes. Vinham com ele cerca de 4.000 bajuladores, sendo que grande parte desta "real comitiva" não foi autorizada a desembarcar em terra lusitana, vez que eram acusados de falcatruas e roubos na administração brasileira...

Deixou-nos uma malta de corruptos, entre eles os Viscondes de São Lourenço e Visconde de Rio Seco, respectivamente, Francisco Bento Maria Targini e Joaquim José de Azevedo – Tesoureiro do Tesouro da Casa Real ou seja o gestor da *burra real*.

– Hipólito, lá no Brasil o povo ridiculariza a dupla, entoando uma quadrinha satírica:

"QUEM FURTA POUCO É LADRÃO,
QUEM FURTA MUITO É BARÃO.
QUEM MAIS FURTA E ESCONDE
PASSA DE BARÃO A VISCONDE."

– Hipólito sorri, matreiramente com a inventividade do populacho, sempre hilário e verdadeiro.

Segurança institucional de que ninguém deva ser preso sem culpa formada.

– Eu sei o que é isto, vez que meteram-me numa enxovia no Presídio do Limoeiro por mais de dois anos por ser maçom...

– É inimaginável, Feijó, que os brasileiros prenderam durante oito meses sem culpa alguma os cientistas Alexander von Humboldt e seu acompanhante Aimé Bonpland, na Amazônia, quando lá estiveram classificando a fauna e flora. Retiveram o baú dos pesquisadores, que continha sextantes, barômetros e taqueômetro, por suspeita de espionagem...

– Incrível!

– Até eu não sei o que é um taqueômetro, Feijó!

Você sabe, padre latinista?

– É. Eu sei, respondeu Feijó meio acanhado, não querendo parecer um sabichão! O tal taqueômetro serve para medir distâncias e ângulos na orientação de percursos.

– Humboldt, atualmente, se prepara para estudos científicos na Rússia e se constitui no mais importante cientista da atualidade, um tedesco pragmático, extraordinariamente culto e responsável por descobertas que alavancam quase todo o conhecimento humano. Algo quase irreal! Um gênio simples, como são os dotados de genialidade!

O soldado que os prendeu poderia ser classificado como um símio amazonense...

– Isto é Brasil! – lamentou Feijó.

Reconhecimento do direito de associação e da livre capacidade de peticionar, sem a preocupação de ninguém desavir-se com outro cidadão.

Acesso de todos aos cargos públicos, eliminando-se o favoritismo, suprimindo-se vedações espúrias, em razão da cor, como é o caso daqueles que nasceram com a condição de *ex defectu natalium*.

Abolição da Santa Inquisição, do juízo da inconfidência, dos foros especiais e das penas infamantes.

Combate ao despotismo dos governantes e às instituições anacrônicas.

Em seu período monárquico no Brasil, D. João VI distribuiu títulos nobiliárquicos em profusão, galardoando pessoas pouco recomendáveis muitas das vezes, atendendo interesses subalternos.

– Tivemos 4 barões, 44 marqueses, 16 viscondes, 28 condes, salvo engano de minha parte! – afiançou Diogo.

– Há bem pouco tempo, Hipólito, prevalecia o instituto da "caixinha" nas concorrências e pagamentos de serviços públicos, quando era extorquida uma comissão de 17% *ad valorem* sobre saques, pagamentos e contratações. Esta "taxa de facilitação administrativa" era fundamental, senão as tarefas ficavam sem andar... Agora, parece que se recobra seriedade com os Andrada!

Abolição da escravatura. Chaga que o Brasil até os dias atuais mantém aberta. É a mão de obra a de que as elites não querem desfazer-se.

– Tenho incentivado a ideia de que a substituição do trabalho escravo deve ser complementado pela ida de colonos italianos, alemães, holandeses, irlandeses, escoceses, húngaros.

Instalação de altos-fornos, dando início à Siderurgia Nacional.

Luta permanente para elevação do Brasil à condição de nação.

– Finalmente, padre Feijó, sou adepto fervoroso para a mudança da Capital para o interior do país. A hinterlândia brasileira, desconhecida, abandonada, rica, precisa ser integrada ao território pátrio. Nossa nação é um país litorâneo, de costas para as suas entranhas.

– Permita-me Hipólito interromper sua belíssima reflexão, mas vejo que seus pontos de vista se enquadram nas linhas mestras dos postulados da Declaração de Direitos da Revolução Francesa, que tanto admiro.

– Sem dúvida, os enunciados revolucionários não são de um país, para um país, de um homem para qualquer cidadão, mas sim abrangentes para toda a Humanidade.

Trouxe de Lisboa para Cornualha uma série de documentos datados de 1750 em diante, que me foram ofertados pela Officina de Antônio Rodrigues Galhardo, estabelecida na rua Santo Ambrósio, na capital lisboeta.

Galhardo, impressor português e sua clã, há mais de um século vem prestando reais serviços tipográficos ao reino de Portugal e alhures. Belissima pessoa! Tradicional família dedicada à tipografia.

Face sermos amigos diletos, Antônio Galhardo resolveu presentear-me com uma série de documentos raros, fato que foi de extrema lisonja para mim.

– Quero, neste encontro fraterno, transferir-lhe a posse desta documentação, a fim de que seja levada, para o Brasil, e passe a pertencer ao seu acervo, Padre Diogo Antônio Feijó.

Diogo, emocionado pelo gestual de Hipólito, abraça-o, agradecendo o invulgar presente, ciente da importância documental.

– Obrigado, Hipólito, quem sabe se estes documentos cujos originais se encontram na Torre do Tombo um dia virão a lume!

– Hipólito, você é um homem de inteligência superior, sem dúvida, com o estigma da universalidade, um homem adiante de nosso tempo, verdadeira e invulgar simbiose de protagonista e espectador dos resultados.

As visões elencadas nesta extraordinária digressão acerca de objetivos pátrios, emolduradas em extraordinária aula magna, que acaba de ministrar-me, mostra o longo caminho que tenho de percorrer para atingir a consecução de sonhos que acalento em benefício do Brasil, também.

O seu Armazém Literário é um verdadeiro aríete a romper as portas das cidadelas da ignorância em nosso país e em Portugal. A imprensa livre é arauto irrefragável de boas-novas, trombeta a anunciar a chegada de novos tempos, benfazeja alma-do-outro-mundo.

O pioneirismo de seu empreendimento jornalístico- o Correio Braziliense e suas judiciosas palavras que acabo de ouvir, mostram-me o rumo que devo tomar, agora em diante. Hipólito, estou feliz, grato e encantado com a permanência na Cornualha, em seu recanto.

O VÁCUO

Me arrependo de coisas que disse,
mas jamais de meu silêncio!

Xenócrates (Discípulo de Platão)
376 a.C.

Dom Pedro I acabou de abdicar ao Reino do Brazil!

– Hoje, dia 7 de abril de 1831, tenho a antevisão, Jesuíno, que esta nação, verdadeiro continente sul-americano, corre perigo iminente de esfacelar-se em países menores. Províncias regionais a procura de suas independências, sob o manto republicano.

– Analise o quadro vigente. As insurreições e insatisfações explodem em todos os recantos, do sul ao norte.

Revoluções de todos os matizes. Interesses monárquicos, republicanos, regionais.

Dom Pedro retorna a Portugal para defender a usurpação do reino lusitano por D. Miguel em detrimento da herdeira Maria da Glória.

– O que acontecerá é uma incógnita!

– Risco de o Brasil voltar a ser colônia? Há uma efervescência comportamental. Ebulição de interesses de toda ordem, Jesuíno.

– Diogo, você acredita mesmo, que um país como o nosso, a falar uma só língua, de índole conciliadora, sob o manto da Santa Igreja Católica, a professar uma só religião, com o beneplácito da Maçonaria brasileira, possa dividir-se?

– Meu caro confessor, antevejo o panorama sob uma forma política, estratégica, pragmática, com visão abrangente, devendo você atentar para o vácuo mandamental que se inicia. A continuidade do mando imperial esbarra na menoridade de Pedro, o infante, que hoje tem 9 anos de idade, não podendo ocupar as rédeas do poder. Até a sua maioridade aos 18 anos devemos navegar em mar revolto e casuístico ao embate e adoção de medidas aleatórias.

– Acredito sim, Jesuíno!

A ausência do poder do mando é fatal! Seja lá qual for, despótico ou não, ele é imprescindível na busca do equilíbrio societário. Recorde-se que até Maria I, a Louca, tinha rasgos de presença.

– Creia, Jesuíno, que a mãe de D João VI entendia que o ato de delação se enquadrava como uma virtude, tanto é que para alguns delatores ela chegou a conceder o hábito da Ordem de Cristo.

Dom João VI, que muitos, de forma irreverente, nominam de Fujão, tendo escapado das garras napoleônicas, escorraçado por Junot, demonstrou uma grandeza estratégica incomum, adotando com presteza e eficiência medidas administrativas e políticas que jamais serão esquecidas e honradas.

Era a presença do mando, do poder, Jesuíno, apesar de ter que conviver maritalmente com a espanhola Carlota Joaquina, que conspirava contra o marido e a favor de sua terra natal.

– Uma surucucu pico-de-jaca, de bote sempre armado.

Carlota Joaquina, tida como ninfomaníaca, sempre foi um problema conjugal, real, político, para D.João VI, que preferiu manter vidas separadas, sendo histórico o ódio desta espanhola pelo Brasil, a qual da balaustrada do navio, quando do retorno da comitiva real para Lisboa, bateu o pó de seus sapatos, simbolicamente, afirmando: "para não ficar nenhum vestígio desta terra miserável sob meus pés".

Mas, para retemperar as energias de D. João VI, jamais faltou um franguinho, uma franguinha ao recato, durante os passeios semanais no Jardim Botânico, que criara...

– Celibato é só para nós, Jesuíno.

A propósito, há boatos de que D. João VI, em Lisboa, morreu envenenado!

O mando é fundamental! Mesmo com excessos comportamentais. Veja o desbragado e árdego Pedro I com suas amantes, geridas pelo Chalaça. Uma Domitila de Castro e Canto e Melo, aqui de Santos, ornada com título honorífico de Marquesa de Santos e prole adulterina, sendo reconhecida e registrada pelo padre do Paço Imperial, como legítima!

– Relembro como fosse hoje, Jesuíno!

A recalcitrância do velho pároco, Vigário Manoel Joaquim Rodrigues Dantas em modificar o registro, constante do livro de Assentos de Batismo de Livres nº 01, só foi superada com a presença de Francisco Gomes da Silva, o Chalaça, sobraçando decreto imperial, que depois de marchas e contramarchas clericais, finalmente, a Bella, passou a chamar-se Isabel Maria de Alcantara Brasileira, Duqueza de Goiás filha de sua Magestade Imperial D. Pedro I, (Pedro de Alcântara Francisco Antônio João Carlos Xavier de Paula Miguel Rafael Joaquim José Gonzaga Paschoal Cipriano Serafim de Bragança e Bourbon).

– Jesuíno, o pobre do vigário do subúrbio do Engenho Velho, que batizara Isabel Maria como filha de pais incógnitos, dois anos após, teve que alterar o registro paroquial da Igreja de

São Francisco Xavier, por força imperial, como Isabel Maria de Alcântara Brasileira (Duquesa de Goiás).

– Pior, ainda, teve que registrar mais filhos adulterinos entre eles Maria Isabel de Alcântara Brasileira (Duquesa de Iguaçu) e de uma outra criança, de prenome Maria Isabel (Duquesa do Ceará), falecida com poucos dias de vida.

Há que se incluir no rol da bastardia, também, o jovem Pedro de Alcântara Brasileiro, fruto de um arrebatador amor com Clemence Saisset, francesa, mulher legítima do Oficial de Cavalaria francês – Pedro Joseph Felix Saisset, manso e dócil fornecedor de La Maison de S.M. l'Empereur du Brésil. Em 30 de dezembro de 1828 o casal Saisset deixava o Brasil rumo a Paris, fixando residência na rue Bergere n° 7, onde o bastardo Pedro nasceu, escapando o velho pároco de proceder, mais uma vez, de um registro espúrio.

– Excessos imperiais! – atalhou Jesuíno. Excentricidades!

– Indiscutível, afinal, Jesuíno é que existe um vácuo de comando no país, que floresce na faixa litorânea atlântica. A hinterlândia abandonada esteve a mercê da extração aurífera e de pedras preciosas e semipreciosas. Sesmarias sendo distribuídas por Lisboa, criando núcleos populacionais rurais, vivendo sob o peso do quinto do ouro e de impostos escorchantes.

Terra sem controle com um clero sem vigilância.

Uma terra aborígene! Autóctone! Uma população africanizada, ora cafuza, ora mameluca, miscigenada.

– Jesuíno, não faz tanto tempo, que a raínha de Portugal decretou, via alvará, a proibição de estabelecimento de fábricas e manufaturas em território brasileiro.

A vedação industrial visa que a colônia desenvolva suas próprias potencialidades.

"Alvará, por que Vossa Magestade he servida proibir no Estado do Brazil todas as fabricas, e manufaturas de ouro, prata, sedas, algodão, linho, e lã, ou os tecidos sejão fabricados de hum só dos referidos generos, ou da mistura de huns como os outros, exceptuando tão somente as de fazenda grossa do dito algodão : para Vossa Magestade ver."

– Quero dizer-lhe, Jesuíno, neste alinhavo que faço, discorrendo acerca de minhas preocupações quanto ao mando e a inteireza geográfica deste país, que ano passado, o mais precisamente, em 5 de março de 1830, veio a lume o primeiro jornal da Província de Goiás, na cidade de Meia Ponte, sob o comando do homem mais rico da região – Comendador Joaquim Alves de Oliveira –, que comprou a primeira impressora, levada em carro de boi ao interior, a título de retaliação pela negativa de autorização imperial.

– Os poderosos não têm medo da força, mas sim da imprensa livre! – enfatizou Diogo.

A ignorância e o analfabetismo sempre foram mecanismos da dominação, através dos tempos.

– Mandaram-me o primeiro exemplar do periódico *Matutina Meyapontense.*

– Veja que coisa extraordinária é este texto assinado por José Lino de Morais:

"A liberdade de Imprensa não eh considerada como sustentáculo dos Governos bem constituídos, senão por que offerece meios para a instrução geral, por quanto eh esta que estabelece uma base à segurança e obrigações do Cidadão; eh ela que faz amar

a Justiça, a respeitar as Authoridades e obedecer as Leis; hum povo instruído, vendo a necessidade da Nação, abraça e sofre, sem murmurar, os impostos; considera o Governo, como o seu maior bem e aborrece o homem sedicioso e turbulento, como maior inimigo da Sociedade; não entra, pois, em dúvida que a instrução seja a melhor e a maior Garantia dos Governos Constitucionais. Talvez pareça mais que audácia pretender eu oferecer aos meus Patrícios Goyanos um periódico em um Arraial se bem que seja o mais populoso da Província, falto todavia de comunicações, por estar situado fora da estrada geral e distante de Goiaz 26 légoas, para onde unicamente tem um

Correio mensal; talvez haja mesmo quem diga, que a empresa eh superior às minhas forças e que não calculei a tarefa que me impus; eu concordo com todos e eh mesmo porque reconheço a pobreza de meus talentos, que nenhum outro nome me pareceu tão análogo a este periódico, como Matutina, cuja luz muito pouco clarea, mas como se lhe pode negar ser a precursora do dia, creio que assim mesmo irei dissipando as trevas, até que Espíritos Iluminados queiram espalhar suas Luzes.".

– Este jornal, Jesuíno, indefectivelmente veicula no cabeçalho duas citações iluministas, que lemos naquela constituição da Revolução Francesa.

"OS REIS SÓ SÃO LEGITIMOS QUANDO GOVERNAM COM A CONSTITUIÇÃO."

O DIREITO DE RESISTÊNCIA É DIREITO PÚBLICO DE TODO POVO LIVRE."

– Meu caro Jesuíno! Lamento deixar seu convívio em Itu, mas preciso retornar para a Capital. Os trabalhos frente à pasta do Ministério da Justiça serão árduos. Antevejo um período de sérios enfrentamentos políticos, que merecerão atenções redobradas.

– Que Deus o proteja, sempre.

– A você também, Diogo!

MINISTRO DA JUSTIÇA E A GUARDA NACIONAL

O homem não é além daquilo que a educação faz dele.

Kant

Bom dia, meu Ministro Feijó. Eu jamais imaginaria que um colega de colégio seria o Ministro da Justiça deste país. E mais, o futuro primeiro mandatário desta nação, eleito pelo povo, democraticamente, enfatizou Tobias, pilheriando com Feijó, cujas relações de trato sempre guardaram liberdades colegiais.

Amigos de infância!

– Mandei convidá-lo, Tobias, bem como o padre meu amigo José Bento Leite Ferreira de Melo, dono do jornal em Pouso Alegre, o Pregoeiro Constitucional.

Feijó tilinta a sineta para chamar o Oficial de Gabinete, determinando-lhe: faça entrar o padre José Bento.

Os dois padres se abraçaram fraternalmente, quando Feijó fez questão de apresentar o Brigadeiro Rafael Tobias de Aguiar.

– Bom-dia, Brigadeiro Tobias de Aguiar. Seu nome é famoso no Brasil e, agora, ainda mais com seu casamento com a senhora

Domitila de Castro e Canto e Melo, de Santos, Marquesa de Santos.

– Senhores, aqui quem vos fala não é o futuro Regente como pilheria Tobias, sempre hilário, mas o Ministro da Justiça, o amigo de infância de um e amigo sacerdotal do outro.

Eu os conheço há muitos anos e sei de suas competências administrativas e fidelidade aos nossos princípios liberais.

– Preciso do seu apoio e do sigilo que se faz necessário.

O meu projeto se constitui na criação da Guarda Nacional, aliás propositura e sugestão do deputado por Pernambuco Henriques de Resende, medida que foi arquivada. Mais tarde, a Câmara Municipal de São Paulo por sugestão do Dr. Cândido Gonçalves Gomide, renovou a medida.

É verdade amigos, que tenho agido nos bastidores para que a Guarda Nacional seja uma realidade.

Não posso aparecer, devendo somente manipular os cordéis.

– Entenderam? Preciso de vocês para comandar a elaboração rápida de lei, que defina a organização.

– José Bento, quero que em quatro dias solicite regime de urgência e que o nome do Ministro da Justiça jamais apareça neste processo.

Monte uma comissão em que participe José Joaquim Vieira Souto, Raimundo José da Costa Matos e Evaristo Ferreira da Veiga. Temos que enfrentar Martim Francisco Ribeiro de Andrada com habilidade, sem que ele desconfie de nossas ingerências.

Acontece que venho estudando, em francês, as cópias dos projetos da Loi de la Garde Nationale, ainda em efervescência.

Vamos estabelecer programa de atividades da seguinte forma: José Bento, sacerdote, jornalista e Deputado Geral irá cuidar do andamento processual, a fim de que ele siga ao Bispo

Capelão-mor do Rio de Janeiro e Senador do Império para a Província de São Paulo.

– Você, Tobias, examinará todos os documentos que tenho recebido de Paris.

Vamos ajustá-los à realidade brasileira!

Os pontos fundamentais com os alcances políticos já os tenho alinhados.

– Faça, Tobias, uma sinopse de seus argumentos, mas com um esqueleto de lei.

– Eu preciso, Tobias, que você cuide dos meandros da configuração militar do projeto, a fim de que o Exército de 1ª linha não gere muitos problemas além dos atuais, face à futura extinção dos corpos auxiliares das Milícias e Ordenanças e das Guardas Municipais.

Você como militar saberá ajustar este universo.

Será uma profunda reformulação na área da segurança pública, a modificar completamente a realidade existente.

Esta colcha de retalhos vigente será extinta. Unificaremos, em torno do poder central, os diversos pontos do cenário territorial e social nacional.

– Vamos, Tobias, utilizar a malha eclesiástica, estabelecida há séculos, para dimensionar e executar o projeto da Guarda Nacional.

Em cada freguesia, em cada curato deste país teremos os braços da Igreja a controlar a movimentação de inclusão e aferição de nomes, em comum acordo com os juízes das varas existentes.

– Recordem-se, Tobias e Bento, que em 1707, o Sínodo da Igreja na Bahia já montara uma rede censitária de inigualável valor político e cunho religioso.

O cânon 114, determinava:

"Todos os vigários e párocos tem obrigação de fazer um fichário ou rol de todas as cidades, vilas, ruas, fazendas, anotando o endereço de cada família e de cada pessoa da família, incluindo criados, criadas, escravos e escravas, para registrar cada ano o cumprimento da desobriga quaresmal e do preceito pascal, bem como da recepção do sacramento do crisma."

– Distribuiremos títulos de capitão, major, tenente-coronel, coronel, menos os específicos do generalato, exclusivamente do Exército Nacional, para as elites emergentes nos mais recônditos lugares deste país.

– Feijó, meu ministro, vocês clérigos tem o simbolismo estampado na variegada forma e cor das vestimentas clericais, desde a batina simples dos presbíteros até a suntuosidade dos paramentos talares dos bispos, arcebispos, cardeais e do Papa.

– É meu pensamento, como militar, que a Guarda Nacional esteja sob o manto importantíssimo da cultura das aparências, do mundo iconográfico dos uniformes, que projetam a conformação hierárquica, a visibilidade das posições sociais, enfatizou Tobias.

– Vislumbro, meu ministro Feijó – continua Tobias em sua fala – que a implantação da Guarda Nacional determinará a implantação da autoridade local nos municípios, tendo como retorno a centralização, o enfeixamento do Poder do Estado em mãos do Ministério da Justiça. Teremos o ingresso do cidadão comum, em cada curato, nas hostes da Guarda Nacional, mantendo um organograma mandamental onde estarão interagindo as Câmaras Municipais do país, os Juízes de Paz, os Juízes Criminais, os Presidentes provinciais num conglomerado que vai se amoldando num equilíbrio de forças. Será mais fácil combater os insurgentes em toda a nação, apaziguando os ânimos republicanos.

Este seu projeto, sem dúvida, será o mais importante passo para a fixação dos limites territoriais do país, mantendo a unidade desta vastidão continental.

– Brilhante ideia, Feijó!

– Há realce democrático com alteração de estruturas sociais.

Vamos entrelaçar as ramificações da Igreja com os mandantes regionais, municipais, enfeixando o poder laico à vertente religiosa existente.

Este vínculo já existe, todavia iremos canalizar esta realidade religiosa para os meandros do poder central, laico.

– Se o Padroado vige, por quê não incrementá-lo, ainda mais?

– Imagine, Tobias. Se tivéssemos que arcar com o pagamento da montagem e permanência de uma tropa com a visão da segurança pública nacional neste continente, não haveria Erário Público que sustentasse.

A visão é da unificação mandamental, visando o combate às emergentes insurreições que eclodem por aí, com aspirações republicanas.

– Exploremos a realidade das vaidades humanas, que move moinhos!

– Move montanhas, enfatizou Feijó!

Vamos dar títulos, mediante fixação valorativa a todos aqueles que se enquadram nos parâmetros estabelecidos, fazendo ressurgir nas diversas e mais longínquas localidades, valores emergentes na ocupação societária.

– *Vanitas vanitatum*! – Tobias.

– Vamos unir as estruturas de poder no âmbito municipal da nação, verdadeira rede com suas ramificações, fazendo este sangue funcional correr pelas veias, artérias da administração, chegando ao coração do Poder Central.

– Elabore um sumário extremamente sintético, a fim de que com celeridade, possamos ajustar nossas divergências, que porventura possam existir e venham a ser debatidas.

– Divirja sem receios e sem rodeios. Precisamos é da eficiência, sempre, meu amigo Tobias.

– Não se preocupe com possíveis críticas se a oposição afirmar que o nosso projeto é uma cópia francesa!

– E por falar em eficiência, Tobias, sugiro que traga para sua companhia, o mais breve possível, o Paula Souza, sempre alegre e pragmático, que sabe trabalhar em grupo e sempre mantém o sigilo, ora imprescindível.

– Peço que analise os projetos, dando-me sucintamente suas opiniões.

– Agora, vamos à saleta para tomar o nosso café, vez que quero demonstrar o porquê da criação da parte Guarda Nacional. É o projeto mais importante desta Nação para o futuro.

– Caros amigos!

– Farei uma retrospectiva histórica, mostrando como nasceu um continente que se chama Brasil. É uma vastidão ainda frágil, desprotegida, objeto permanente dos interesses europeus. A preservação da unidade nacional é algo que deve ser desenvolvida com uma medida que agregue, reúna, enfeixe sua gente, ora distribuída, irregularmente, na faixa litorânea.

Até agora os lusitanos procuraram estabelecer uma política de povoamento embasada na solução de seus próprios problemas.

– Não se esqueçam vocês, Berto e Tobias, enfatizou Feijó, relembrando que o Rei português expedira, por volta de 1700, um Alvará de Lei regulando o relacionamento entre os indígenas brasileiros e os vassalos europeus que chegavam do reino.

Convite explícito para os casamentos dos imigrantes com as mulheres indígenas, visando à colonização.

As esposas, mulheres brancas, europeias, dos colonizadores não vinham para o Brasil e ao mesmo tempo a Igreja não obstaculizava essas uniões, sob o aspecto religioso.

> Alvará de Ley, por que V. Magestade he servido declarar, que os vassallos deste Reino, e da América, que se casarem com indias della, não ficaõ com infamia alguma, antes se farão dignos da sua Real attenção, e farão preferidos nas terras, em que se estabelecerem, para os lugares, e occupações, que couberem na graduação de suas pessoas; e seus filhos, e descendentes serão habeis e capazes de qualquer emprego, honra, ou dignidade, sem que necessitem de dispensa alguma em razão destas alianças, em que se comprehendem as que já se achão feitas antes desta resolução; e que o mesmo de praticará com os portuguezes, que casarem com indios, e os seus filhos, e descendentes, como assim se declara:
>
> Para V. Magestade ver

Em resumo inexiste política, mas sim procedimentos emergenciais. Basta examinar a questão dos Açores, por exemplo, que sempre teve na emigração a solução de excesso populacional, como região insular.

A divisão do mundo, efetivada pelo papa aragonês Alexandre VI ao editar a Bula *Inter Coetera*, em 1493, desencadeou um ciclo de navegações, desenvolvendo as conquistas em todo o mundo, sob o pretexto da evangelização, lideradas pela Espanha e por Portugal.

De 25 de setembro de 1493 até a edição do Tratado de Tordesilhas, em 7 de junho de 1494, o Rei Dom João II, de Portugal, e os reis católicos Fernão de Aragão (conterrâneo do Papa) e Isabel de Castela, mantiveram acirrada disputa pelas terras, quase ocasionando lutas entre os litigantes, face às injustas bulas papais, tendenciosas.

A terra brasilis, descoberta em 22 de abril de 1500, teve na figura do fidalgo de Belmonte – Pedro Álvares Cabral – o seu descobridor, conquista lusitana nominada de Vera Cruz, depois Santa Cruz e finalmente Brasil.

Esta faixa territorial cortada pela linha imaginária, fixada pelo Tratado de Tordesilhas, ia da Ilha de Marajó à Santa Catarina, tendo como referência a distância de 370 léguas a oeste da ilha do Cabo Verde, como domínio português.

A terra descoberta, visando Portugal à sua colonização, foi dividida em 14 Capitanias Hereditárias: Primeira do Maranhão (João de Barros e Aires da Cunha), Segunda do Maranhão (Fernando Álvares de Andrade), Ceará (Antônio Cardoso de Barros), Rio Grande (João de Barros e Aires da Cunha), Itamaracá (Pero Lopes de Sousa), Nova Lusitânia ou Pernambuco (Duarte Coelho), Bahia de Todos os Santos (Francisco Pereira Coutinho), Ihéus (Jorge de Figueiredo Correa), Porto Seguro (Pero de Campos Tourinho), Espírito Santo (Vasco Fernandes Coutinho), São Tomé (Pero de Góis), Santo Amaro (Pero Lopes de Sousa), São Vicente (Martim Afonso de Sousa) e Santana (Pero Lopes de Sousa).

Como se vê, alguns fidalgos receberam mais de uma capitania, vivendo este regime um período de catorze anos, quando o Reino resolveu estabelecer, em 1548, a modalidade de Governo-Geral, verificando-se que a Capitania do Ceará não fora colonizada, onde habitavam os potiguares.

– Registro meus amigos, à guisa de relembrança, que D. João III, conhecido como o Colonizador, distribuiu terras, áreas enormes a alguns vassalos, numa conformação feudal.

O povo satirizava–os como “Reis das Donatárias”...

A ocupação era estabelecida pelas Cartas de Doação e pelos Forais, verdadeiros códigos tributários a serem obedecidos.

O reino lusitano procurava extirpar de seu território europeu a escória da sociedade, enviando-a ao Brasil, sob a égide do degredo.

– Meu diletos amigos, Tobias e Bento, relembrem a partida do homem de Belmonte, quando deixava o Tejo rumo à novas descobertas, que muitos historiadores afirmam, que Cabral já soubera que a terra além-mar, já tinha sido visitada pelos espanhóis, entre eles Pinzon.

Naquela ocasião esta seria a cena:

> “O rei e todo o séquito tomaram parte no cortejo, com o pessoal da esquadra, os familiares, que partiam e o povo mais humilde. Junto da praia, onde se achavam ancoradas as 13 naus, Pedro Álvares Cabral e os mais capitães beijaram a mão do rei e dele se despediram, fizeram o mesmo os mais homens da esquadra, os missionários e até os degredados...(Acervo da Torre do Tombo / Lisboa).”

Esvaziavam-se os cárceres de Portugal e a Terra de Pindorama recebia o que havia de pior.

D. João III, mandou lavrar um alvará especial, concitando os criminosos a viverem no Brasil, tido como terra de couto e homizio, desde que os agraciados presidiários não tivessem sido condenados por heresia, sodomia, traição e moeda falsa.

Verdade é que a pena de degredo, à época, se enquadrava no Livro V das Ordenações Manuelinas, código militar severíssimo. Nesta ordenação legal, diga-se de passagem, que cerca de 200 delitos eram puníveis com a pena de degredo, constituindo-se numa arbitrariedade invulgar.

O degredo, sem dúvida, era um mecanismo legal para forçar o reino a colonizar as novas terras, retirando da sociedade europeia aqueles que hoje, à luz de nossas legislações criminais, sequer teriam cometido um delito.

– Vejamos! Alguns exemplos!

Adivinhos e feiticeiros: açoites públicos, multa e degredo.

Tirar freira de mosteiro: cem cruzados de multa para o mosteiro e degredo.

Adultério: se a mulher fosse perdoada pelo marido, degredo. Adúltera, com permissão do marido: ambos açoitados com cornos e degredados.

Barregã (amásia) de clérigo, na reincidência, degredo.

Resistência com armas aos oficiais da justiça, mesmo sem ferimento, degredo.

Uso de peso falso, valia inferior a um marco de prata, degredo.

Venda de um objeto duas vezes (estelionato), degredo.

Sacar espada ou punhal em procissão, mesmo que não a use, degredo.

Aos donatários, o Reino permitia a escravização dos indígenas, de forma e número indeterminado, iniciando-se o extermínio gradativo de uma civilização milenar.

Todavia, Portugal incentivava os habitantes da Ilha dos Açores a emigrar!

Posteriormente, em 1747, e em nome d'El Rei, foram afixados editais nas igrejas dos Açores, convidando os casais a irem estabelecer-se nas terras brasileiras, com transporte e instalação pagos pela Coroa, desde o embarque até a morada de destino, "desde que os homens não tivessem mais de 40 anos e as mulheres mais de 30".

Esse edital estabelecia, ainda, uma ajuda de custo de 2.400 réis para as mulheres e de 1.000 réis para cada filho. À semelhança do que já havia acontecido no Nordeste e na Amazônia, cada casal tinha direito a:

> "um quarto de légua em quadro, para principiar a sua cultura, uma espingarda, duas enxadas, um machado, um enxó, um martelo, um facão, duas facas, duas tesouras, duas verrumas e uma serra com sua lima e travadoura, dous alqueires de sementes, duas vacas e uma égua, e no primeiro ano se lhes dará farinha que se entender basta para o seu sustento".

A Capitania do Ceará foi concedida ao Capitão-mor Antônio Cardoso de Barros, que jamais ocupou a terra.

Só vamos ter notícias de sua presença no Brasil, quando o monarca português o enviou para a Bahia com o cargo de Provedor-mor da Fazenda com o elevadíssimo soldo de 200.000 réis anuais. Acusado foi de desvio de dinheiro do erário em benefício de seus engenhos baianos.

O autor julga pertinente informar que se serviu das seguintes fontes bibliográficas, entre outras, para escrever este romance sobre o padre Diogo Antônio Feijó:

AGASSIS, Louis. *A Journey in Brazil*. Belo Horizonte: Editora Itatiaia, 1975.

BARBOSA, José Carlos. *Negro não entra na Igreja*. São Paulo: Editora Unimep, 2002.

BONAPARTE, Napoleão. *Máxima e Pensamentos*. Rio de Janeiro: Editora Topbooks, 1995.

CALDEIRA, Jorge. *Diogo Antônio Feijó*. São Paulo: Editora 34, 1999.

CARVALHO E MELO, Sebastião José de (Marquês de Pombal). República Jesuítica Ultramarina. São Paulo: Martins Livreiro Editora, 1989.

CASTRO, Jeanne Benance de. *A Milícia Cidadã: A Guarda Nacional de 1831 a 1850*. Volume 359. São Paulo: Editora Nacional, 1979.

CAWTHORNE, Nigel. *A Vida Sexual dos Papas*. Cidade: Prestígio Editorial, 2002.

COSTA, Hipólito José da. *Narrativa da Perseguição*. Porto Alegre: Associação Rio-Grandense de Imprensa / Universidade Federal do Rio Grande do Sul, 1974.

COSTA, Hipólito José da. *Correio Braziliense ou Armazém Literário*. Edição Fac-similar. Brasília: Correio Braziliense, 2002

DEBRET, Jean Baptiste. *Viagem Pitoresca e Histórica ao Brasil*. Tradução e Notas de Sérgio Milliet. 2° tomo. São Paulo: Livraria Martins Editora, 1954

GENTILI, José Carlos. *Os Bicentenários da Inconfidência Mineira e Revolução Francesa*. Brasília: Goiania: Editora Kels, 1994.

GENTILI, José Carlos. *A Igreja e os Escravos*. Natal: Editora RN Econômica, 2006.

GENTILI, José Carlos. *Izabel Maria – Duqueza de Goyaz*. s.l; s.e; s.d;

GENTILI, José Carlos. *Tiradentes and the Mansonry*, Brasília: s.l: s.e, s.l.

GENTILI, José Carlos. *Uma Papa Sem Tiara*, Brasília: Editora Acleb, 1999.

GODOY, José Eduardo Pimentel de; MEDEIROS, Tarcízio Dinoá. *Tributos, Obrigações e Penalidades Pecuniárias de Portugal Antigo*. Brasília: Escola de Administração Fazendária, 1983.

GOMES, Laurentino. 1823. Rio de Janeiro: Nova Fronteira, 2010.

GRAHAM, Maria. Escorço Biográfico de Dom Pedro I. Cadernos da Biblioteca Nacional. Rio de Janeiro: Fundação Biblioteca Nacional 2010.

JAIME, José Sisenando. *Jóias, Humorismo e Folclore. s.l: s.e, 1990.*

JOR, John L. Allen. *Opus Dei – Os mitos e a Realidade.*

LOPES, Antônio. *Los Papas*. Roma: Futura Edizione, 1997.

MATOS, Joaquim Francisco de. *Os Caminhos de Goiás*. São Paulo: Editora Comercial Safady, 1980.

MATTOS, Joaquim Francisco de. *A Redescoberta do Brasil (Povoadores da Região Central)*. Goiânia: Editora Kelps, 1965.

MATTOS, Joaquim Francisco de. *Liberdade, Ainda que Tardia. (O Sonho dos Inconfidentes Hasteado por Tiradentes o Propulsor da Liberdade que Ainda Não Chegou a Nós)*. Goiania: Edição Garatuja, 1994.

NOVELLI JUNIOR. *Feijó um paulista velho*. Rio de Janeiro: Edições GRD. 1963.

OLIVEIRA, Jair de; Chierighini, Hélio; FRANCISCO, Luís Roberto de. *Memória de Itu*. Itu: Gráfica Gavioli, 2011.

PASTORINO, Carlos Torres. *Sabedoria do Evangelho*. Nova Tradução Direta do Original Grego. Rio de Janeiro: Livraria Freitas Bastos, 1964.

RIBEYROLLES, Charles. *Brasil Pitoresco. História. Descrições. Viagens. Colonização. Instituições*. São Paulo: Livraria Martins, 1941.

Ricci, Magda. *Assombrações de um Padre Regente*. Campinas: Editora Unicamp, 2001

RUGENDAS, Johann Moritz. *Viagem Pitoresca Através do Brasil*. São Paulo: Círculo do Livro, s.d.

SAINT–HILAIRE, Auguste de. *Viagens às Nascentes do Rio São Francisco e pela província de Goiás*. Tomos I e II, Companhia Editora Nacional, 1937.

SCHWARCS, Lilian Moritz. *A Longa Viagem da Biblioteca dos Reis*. São Paulo: Companhia de Letras, 2002.

SETÚBAL, Paulo. *1813 - 1829. A Marquesa de Santos*. Belo Horizonte: Geração Editorial, 2009.

SODRÉ, Nelson Werneck. *Panorama do Segundo Império*. Rio de Janeiro: Graphia Editorial, 1998.

WEBER, Jorge. *História Universal. Lisboa:* Lisboa Empresa Literária, 1882.